文芸社セレクション

装飾古墳殺人事件

筑豊地方ランチ、スイーツ食べある記

城 孝

JO Takashi

文芸社

登場人物

主人公　井《い》高志《たかし》

妻　井《い》咲和《さわ》

同級生（故）本城《ほんじょう》誠《まこと》

同級生　最所《さいしょ》隼人《はやと》

同級生　椎葉《しいば》明《あきら》（旧姓　岩元《いわもと》）

同級生　阿比留《あびる》一郎《いちろう》

同級生　田之上《たのうえ》良夫《よしお》

福岡県警察本部

管理官　黒田　警視

直方《のおがた》警察署　林　警部補

飯塚警察署　後藤　警部補

令和5年3月初旬。

5月の末で退職するけど、来月私の生まれ故郷、福岡県筑豊《ちくほう》に帰省《きせい》しようかと考えている、どう思う咲和《さわ》さん。

良いじゃないですか。

高志《あなた》は、遠い所に故郷《ふるさと》が有って、羨《うらや》ましい。

妻の咲和《さわ》は、下町で生まれ育った生粋《きっすい》の江戸っ子。

咲和の祖父は関東大震災の後、北関東から移り住み「三代住めば江戸っ子」の言葉通り三代目である。

それに咲和《わたし》も高志《あなた》の故郷《ふるさと》がどんな所か見てみたい、有給休暇の消化も出来るじゃない。

即断、即決の咲和《きみ》らしい判断だね、早速帰省の移動手段と日程を計画するよ。

高志《あなた》が、福岡県出身と聞いていたけど、筑豊《ちくほう》ってどんな処《とこ》？　何時もだったら、帰省は熊本だったよね？

筑豊《ちくほう》は福岡県の中央部に位置して、三方を山に囲まれた盆地。

夏は蒸し暑く、冬は寒くて雪も降る。

博多、筑後、大分県に出るには必ず峠を越えないと行けない。

唯一、筑豊から海へ流れ込む、遠賀《おんが》川沿いを行けば、峠無しに芦屋を抜け、福岡、北九州方面に行ける。

明治初期に炭鉱が開発され、昭和四十年代まで石炭景気に沸いた街さ。

東京は明治の始めまで、武蔵《むさし》の国と呼ばれていただろう。

九州は、筑前国《ちくぜんのくに》（福岡県）、筑後国《ちくごのくに》（福岡県）、肥前国《ひぜんのくに》（佐賀、長崎県）、肥後国《ひごのくに》（熊本県）、豊前国《ぶぜんのくに》（福岡、大分県）、豊後国《ぶんごのくに》（大分県）、日向国《ひゅうがのくに》（宮崎県）、大隅国《おおすみのくに》（宮崎、鹿児島県）、薩摩国《さつまのくに》（鹿児島県）、九つの国《くに》に分かれていてね、それで九州と言われていたそうだ。

この中に筑豊は無いだろう、筑豊の呼び名の由来は、筑前の国と豊前の国だった地域だから、筑前の筑と豊前の豊を合わせて筑豊と付けたそうだよ。

江戸時代、黒田官兵衛《かんべえ》の息子長政《ながまさ》が、徳川家康から筑前国《ちくぜんのくに》五十二万石を与えられた。

長政は、三男、長興《ながおき》に秋月五万石、四男、高政には東連寺《とうれんじ》四万石（後の直方《のおがた》藩五万石に加増）を付与し、支藩を開いた。

筑豊は、三つの地域で成り立っている。

筑前国は、直方《のおがた》市、宮若《みやわか》市、鞍手《くらて》郡が一つの地域、飯塚《いいづか》市、嘉麻《かま》市、嘉穂《かほ》郡が二つ目、豊前国は　田川《たがわ》市、田川《たがわ》郡。

この三域を、帰省したら見て回りたいね。

それに加えて、美味しいスイーツと食事《ごはん》。

特にランチを食べたいね。ディナーはお金さえかければ、美味しく調理出来るけど、限られた金額で作られたお昼ご飯は、その地域で受け入れられている庶民的な味だと思うから。

中学2年の終業式が終わって東京に移住したので、帰省するのは、49年振りだ。

私の祖父が炭鉱景気に憧れて、熊本から炭鉱の街にやって来た。

求人のキャッチコピーは、炭鉱で働けば、住む社宅は無料、電気、燃料、水道代、お風呂、医療費もタダ。

炭鉱の中には、配給所（他の炭鉱では購買会、売店等）と名付けられた、炭鉱が経営するお店が有り、食料や衣料品、雑貨類は、掛けで買え、精算は給料日払いだった。どの炭鉱も、支払ったお給料は、炭鉱のお店で買ってもらい、出来る限り炭鉱の外でお金を消費させないのが基本。

娯楽は、映画館が炭鉱の中に設置され、老若男女いつも賑《にぎ》わっていた。

病院は、医療法人登記だけど、民間会社の病院が今でも存在する。

元総理大臣の祖父が興した、炭鉱の病院。

咲和《わたし》、民間の会社が病院を持てるなんて知らなかったわ、大きな病院なの？

飯塚病院はベッド数が、１０００床を越えるそうだよ。

その他、各炭鉱には倶楽部と言われる大きな建物があって、炭鉱に来たお客さんや従業員の忘年会、新年会にも利用されていたね、割烹旅館みたいな形態だ。

筑豊の炭鉱は、昭和40年半ばまでにバタバタと閉山、父親の勤めていた炭鉱はその少し後に閉山した、昭和48年11月だった。

父親の兄弟は、姉2人に兄1人の四人兄弟。

姉《おば》2人は飯塚市内の炭鉱に勤めていた人と結婚、兄《おじ》は嘉麻市の炭鉱に勤務していた。

炭鉱が閉山した後、姉《おば》たち一家は大阪と千葉に引っ越し、兄《おじ》は愛知に仕事を求めた。

父親は、閉山後の残務整理に追われ、機械、配管等の撤収作業が完了した3月末に東京へ向かった。

だから筑豊には親類が誰もいなくて、帰省はいつも祖父と母親の故郷熊本だった訳。

高志《あなた》、炭鉱の生活ってどんなだった？

私の祖父は、採炭夫（坑内で石炭を採掘）として働いていたそうで、私が物心付いたころには、亡くなっていた。

炭鉱には職員と工員の身分が有って、待遇が全く違っていたそうだ。

戦前は、物凄く待遇に差が有ったそうだが、戦後は組合が出来たことで、かなり改善されたと聞いたね。

祖父が生前、父に話していたそうだけど、いつ頃の時代かは分からないが、東京に住む社長が貝島本社に視察に来るとなれば、直方《のおがた》駅に降り立つなら本社まで、博多からだと本社から、犬鳴《いぬなき》峠の麓、脇田温泉口まで、等間隔に婦人部が、ホウキ片手に道路を掃いて直立不動で出迎えたそうだよ。

ちなみに、旧宮田町の本社から直方駅間、本社から脇田温泉口間、約10キロメートル離れている、いったい何人の女性が動員されたのかな？　20メートル毎で500人、10メートルだと1000人。

父親は、炭鉱に勤める子弟が入校出来る、貝島技術学校を卒業して職員に登用された。

技術学校は、機械と電気に関する技術を学ぶところで、定員は各30名、超難関だったそうだ。

父親は、職員に採用されるまで工員社宅住まい。二間（2K）しかないので、勉強は押し入れに電球を引き入れて明かりを確保したそうだ。

工員社宅は、六軒から十軒長屋で、戦前は向かい合わせに玄関、六畳二間に炊事場だけ、トイレは共同で両端に有った様だ。

戦後は少し改善され、各戸の裏に濡れ縁を通って外付け（増築）のトイレに行けるようになっていた。

私の家は、二軒長屋（4K）で玄関は外付け、玄関を入ると二畳ほどの畳、奥のお縁《えん》まで半間幅（0・9m）の板張りの廊下、廊下で左右が仕切られ、右手が四畳半の居間に一段降りて炊事場、居間の隣は、押し入れ付きの六畳の和室。

玄関の左側は、押し入れ付きの六畳の和室、その隣は六畳の床の間、お縁は半間幅（0・9m）、左奥は、半間（0・9m）真四角の物入れ、右突き当たりはトイレ、風呂は外付け（増築）で炊事場の奥にあった。

工員社宅は、共同浴場、何時の頃か、職員社宅は個別にお風呂を設置したようだ。直ぐ近くに幹部の住む一戸建て（6K）の社宅が有ったよ。女中さん（お手伝いさん）の寝泊まりする部屋もあった。

炭鉱は、色々な人生を抱えた人達の「坩堝《るつぼ》」の様な場所だったね。

小学2年生の頃、飯塚のおばさんが住む社宅に遊びに行ってね。

社宅の前に「ばんこ」（縁台、方言）が有って、腰掛けて本を読んでいると、通りがかったお婆さんが「僕、字が読めるのね」そう言った。

お婆さんは寂しそうに、私《あたし》は字が読めないし、書けない。でもカタカナだけは、読み書きできる。

小学校に入学して、すぐ子守に出されたから学校に行ってないの。

この言葉が、心に引っ掛かってね。

どうして「カタカナ」は読み書き出来て、「ひらがな」は読み書き出来ないのだろう？

咲和さんは小学校に入学して、「ひらがな」から習っただろう？

そうですよ、でも昔は「カタカナ」から教えていたのでしょうね。

「カタカナ」は直線と直線の組み合わせ、「ひらがな」は直線と曲線の組み合わせ、特に「さ」「ち」は良く逆に書いたことを覚えていますよ。

そうだね、「ひらがな」は「カタカナ」より難しいから「カタカナ」から始めたのだろうね。

令和5年4月5日（水）午後8時過ぎ
高志《あなた》、福岡の王塚《おうづか》装飾古墳館から、見学当選通知の葉書が届いていますよ。

良かった、コロナウィルス対策で、3年半見学が見送られていたけど、ようやく解禁になってね。

中止になる前は、春と秋に福岡県内の古墳は自由に見学できたそうだよ。

装飾古墳は、石室の入り口や石室内に顔料（絵の具）で様々な絵や模様が描かれている。全国では、四百基程有るそうだが、八割は北部九州で発見されているらしい。

高志《あなた》、装飾古墳はいつ頃作られたの？

五世紀頃から作られ、王塚装飾古墳は六世紀中頃、竹原《たけはら》装飾古墳は六世紀後半に作られたようだね。

何処にあるの？

王塚装飾古墳は、嘉穂《かほ》郡桂川《けいせん》町寿命《じゅみょう》、竹原装飾古墳は宮若市竹原、車で二十分位離れているかな。

王塚、竹原装飾古墳と高松塚、キトラ壁画古墳の違いは、どの様なものですか？

私の勝手な解釈では、装飾古墳と壁画古墳の違いは作られた年代と描いた人、描き方、石室の構造の違いじゃないかな。

王塚、竹原装飾古墳は古墳時代、六世紀中頃から後半に作られ石室に描かれた文様、人物はその地に生活していた人が描いたと考えられている。又、自然石に直接顔料を乗せて描いている。

石室の構造は、自然石を組み合わせた横穴式で中は狭く一人分の棺《ひつぎ》を納めたようだね。

高松塚、キトラ壁画古墳は飛鳥時代、七世紀末から八世紀初めに作られ、石室に描いた人物は、中国或《ある》いは朝鮮半島からやって来た渡来人と考えられ、高松塚壁画古墳は切り出した岩に、漆を塗り、その上に描いている。

石槨《せっかく》と呼ばれる石室は、人工的に切り出された石で組み立て、複数の棺が納められるそうですよ。

共に装飾古墳だけど、違いを明確にするため、装飾と壁画で区別したのじゃないかな。

高松塚壁画古墳、キトラ壁画古墳、王塚装飾古墳3か所は、国特別史跡、竹原装飾古墳は、国指定史跡に指定されている。

装飾古墳の双璧は、王塚装飾古墳、竹原装飾古墳だと思っている、地元贔屓《ひいき》かな（笑）

4月13日（木）横須賀港、23時45分出航する東京九州フェリー「それいゆ」に乗船、新門司港を目指します。

九州は、関東に比べて交通の便が良くないので、咲和《あなた》の愛車も一緒にね。

高志《あなた》泊まるところは？

一週間ほど滞在するから、ビジネスホテルに決めているよ。

九州を中心に、本州にも進出している宿泊施設、驚くほど安い。

ツインは、朝食付き2人で8000円、二段ベッドの部屋だと、朝食付き2人、7000円だよ。

えー？　汚くて、古い木賃宿みたいな所じゃないの。

違うよ、今回宿泊予定している4か所の施設は、平成23年から26年にかけての新築だよ。

10年くらい前に、熊本に出張した時の事覚えている？　その時に、泊まったのがこのホテル。

シングルの部屋だったけど、朝食付きで４８００円、更に朝食は食べ放題、10年前の料金と同じ。

どうしてそんなに、お安いの？

徹底した合理化で、建設費を抑えているらしい、各部屋に電話は無い。

皆さん携帯電話を持っているから、ホテル内に電話などの通信網は必要ない。

玄関のドアは手動、更にホテルの立地場所は、市内中心部から少し外れた郊外に建設している。

地価が安く、宿泊者は車で移動する人が前提かな。

新門司港に到着するのは、４月14日（金）21時に入港します。

宿泊は、１㎞程先に有るビジネスホテルを予約しています。

帰省の目的は、私の生まれ育った故郷を見て回るのと、私が東京に転校する１ケ月《ひとつき》ほど前に、とても仲の良かった同級生の本城《ほんじょう》　誠《まこと》が事故で急逝《きゅうせい》しちゃってね。

４月15日（土）は、早めにホテルをチェックアウトして、花を供えに行くよ。

どうして亡くなったの？

八木山《やきやま》川の上流に、千石《せんごく》と呼ばれる渓流が有ってね、一人で沢蟹《さわがに》を捕っている最中に、足を滑らせ頭を強打したらしく、水死ではなかったようだ。

転校する1ヶ月《ひとつき》前でしたら、2月の寒い時期じゃないですか、どうして蟹《かに》を捕るの？

その当時は、沢蟹を捕まえて塩茹でにしたり、油で揚げて、夕食のおかずやおやつにして食べていた。

そうなの、田舎には様々な食材がありますね。

八木山川は凄く綺麗な川、上流にはアユが生息している、下流域では網をかけて小魚を捕り、甘辛く佃煮で食べていたね。


令和5年4月13日（木）23時45分発　フェリー「それいゆ」船内
高志《あなた》、いよいよ出航ですね。私、こんなに長い時間、船に乗ったこと無いから、船酔いが心配です。

心配しなくて大丈夫、天気晴朗《せいろう》、風は微風、波も穏やかそうだよ。

フェリー「それいゆ」は揺れもなく、滑るように出航した。

翌日、朝少し遅く目が覚めた。ぐっすり眠ったせいか、揺れた感じは全くしない。

その日は景色を眺めながら、夜まで好きな本を読破した。

4月14日（金）20時55分新門司港に入港
新門司港から1㎞ほど離れたビジネスホテルにチェックイン。

早速、ツインルームの部屋に入ると、左側にクローゼット、右に、トイレとバスルーム、その奥にシングルベッドが2床、広さは15・68㎡と書いてあった。

咲和さん、明日は、（本城）誠が亡くなった場所《とこ》へ花を手向《たむ》けに、8時頃出発します。

途中、9時から開く宮若市内の花屋さんに寄ります。

献花する花は事前に、予約していますから受け取るだけです。

ホテルから花屋さんまで、1時間弱、花屋さんから、亡くなった場所《とこ》まで10分位かな。

花を供えた後、直方市内に戻りお昼のランチ、スイーツ、観光名所を調査しましょう。

4月15日（土）
朝7時レストラン内。
高志《あなた》、沢山トレーに載せているけど、全部食べきれます？
ご飯大盛り、お味噌汁、納豆、塩サバ、ハム、ウインナー、マカロニサラダ、ブロッコリー、スクランブルエッグ、香の物、何時もの3倍の量はありますよ。

大丈夫です、旅に出ると食欲が増して、朝食は美味しく頂けます。

バイキングは、ご飯のおかずだけでも15品あって目移りしました。

高志《あなた》、後何日滞在すると思ってらっしゃるの、帰りにズボンが履けなくなるほど太るおつもり?

今日だけです、明日からは普段食べている食事の量にしますよ。

午前9時30分千石渓流。

咲和さん、ここで誠が亡くなった。

49年間一度も訪れなくて申し訳なく思います。

高志《あなた》、誠さんは、理解してくれると思いますよ。皆それぞれ生きて行くため、毎日
今、やっと高志《あなた》は、余裕が出来て身の回りを見渡すことができここにやって来た、毎日、精一杯頑張って必死で今日まで過ごして来た。

そうじゃ有りませんか?

そうだね、これまでの不義理を誠に詫びます。

高志《あなた》、沢蟹って居ます?

居ると思うよ、八木山川は以前居た頃と同じく清流だ。

ほら、先の方に八木山川に流れ込む小さな沢が有るのが見えるかな。

行ってみよう、少し藪をかき分けないと、蜘蛛の巣は枯れ木の枝で払って、足元気を付けてください。

道路から藪を越え、5~6メートル程行くと一寸《ちょっと》だけ開けた沢に出た。

咲和さん、手のひら位の石をそうっと持ち上げる、（繰り返すこと3度）居たよ！

沢蟹の両足の付け根を、親指と人差し指で摘まむと捕れるよ、咲和さん良く見ていてね。

高志《あなた》お上手、私もやってみるけど捕るのは駄目かもしれませんね。

あっ、高志《あなた》、沢蟹居ました！　そーっと摘まみ、あー逃げ足早《はや》。

人差し指で甲羅を抑えて、親指で片方の足の付け根に指を掛け、人差し指をずらし摘まむといいよ。

もう一度やってみます、こうなったら絶対に捕まえてみせますからね。

咲和さんは、5分もせずに3匹捕獲した。

勿論、ケータイで撮影した後は全部リリース、今でも沢蟹は沢山居るようだった。

直方《のおがた》駅構内の駐車場に車を止め、駅の待合室に向かった。

高志《あなた》、駅の正面に銅像が有りますね、いったい何でしょう？　お相撲さんの像ですね。

咲和さん、直方市出身、魁皇《かいおう》関の銅像ですよ。

魁皇関のお蔭で、直方市と言う地名が全国に知られました。それまでは「なおかた」とか「のうがた」と呼ばれて正確に「のおがた」と呼ぶ人は地元に住んでいる人だけ、寂しい思いをしていたそうですよ。

そういえば、道すがらポスター見かけましたね、「お」が付く直方市。

2階が駅舎ですね、自由通路（駅の正面と背面を結び改札口と直結した自由に往来できる高架橋）から、線路が沢山見えますね。

咲和さん、待合室に行ってみましょう。

待合室に、3人の中年女性が列車を待っていた。

すみません、東京から来た旅行者です。近隣の美味しいランチ、スイーツのお店、教えて頂けませんか。

はー、いいですよ、和食なら2つ先の植木駅近くに、料亭が有るよ。

鰻、懐石がお奨め、昔は市内に料亭、割烹の美味しいお店が有ったけど今はごく少数。

お寿司なら直方市内に沢山あります、お隣の宮若市内だったら「犬鳴き寿し」はお奨め。

焼肉は、鞍手《くらて》駅近くに和牛レストラン「くらじ」が美味しい、何せ牧場の経営だから良いお肉を出してくれて値段もリーズナブル。

麺類ならうどんは、「お茶屋の力うどん」。宮若市は「にこにこ亭」と「本家布袋《ほてい》うどん」ボリュウムが有ってリーズナブルで行列が出来るお店、鞍手町の「八犬伝」も美味しい。

ラーメンは「ひょうたん屋」ネギ肉味噌ラーメンにネギ肉ラーメンが一押し。直方駅近くなら、「ラーメン一番」のとんこつラーメン、直方駅とお隣新入駅の間に有って、麺は普通、細、極細の三種類から選べて、値段はお安い。ラーメン一番のお隣は、焼肉「富士山」リーズナブルでおいしいけれど、今は改装中でお休み。

駅舎の1階に、立ち食いのうどん屋さんが有ります、ここの駅弁「かしわめし」九州の駅弁投票で毎年上位にランクされるほど美味しいの。

「かしわ」分かる？　ここらでは、鶏《にわとり》のお肉を「かしわ」って呼ぶのよ。

鹿児島本線折尾駅、上下線で鶏のジェスチャーしながら駅弁「かしわめし」を立ち売りしているの。

その姿がユーモラスだと評判でマスコミから取材されているそうよ。

高志《あなた》、メモは大丈夫ですか？

はい、しっかりメモしていますよ。

筑豊で生活している人の、舌は肥えていてね、どのお店に入っても、当たりは有るけどまず外れは無いの。

一見《いちげん》さん相手の商売していないから、外れだと誰も食べに来ない。

筑豊で当たれば、博多に出ても必ず繁盛するって言われている。

咲和が尋ねた、どうして、そんなに舌が肥えているのですか？　ソウルフードは有ります？

私の想像よ、炭坑に関係が有ると思う。

昔、私の祖母が魚を捌《さば》きながら、このお魚は「ぶえん」よって調理していたわ。

「ぶえん」聞いたことある？　方言と思うけど「無塩」と書くの、新鮮なお魚と言う意味。

博多から内陸に40km離れ、移動手段も限られた、お金が沢山集まって来る山里に良い食材が自然に集まって来るのね。

炭坑で働いていた人たちは、沖縄、鹿児島から、九州全ての県の人が押し寄せた、山陰、山陽に四国からも。

各県の、美味しい料理が残り、皆の舌に合った出汁《だし》、味付けが研究《ため》されて今日まで続いていると思う。

分かりやすく説明すると、鰹節を使う県の人達、いりこを使う県の人達、昆布を使う県の人達、それぞれ身近にいるから自然と美味しさを追求して、良いとこ取りの合わさった出汁が出来たのかな。

ソウルフードは、トンチャンが有るよ。

下関が発祥の地らしく、朝鮮半島の人達が、日本に働きに来ると最初に着く港が下関、下関に降り立った朝鮮半島の人達が、食べていた料理だそうです。

今でも下関と釜山《ぷさん》を結ぶ定期航路「関釜《かんぷ》フェリー」が行き来しています。

トンチャンは、牛、豚の内臓肉料理、味噌で有り合わせの野菜と内臓肉を、野菜から出る水分で煮込み、〆で、うどんを入れて食べます。

朝鮮半島北部の料理らしく、地元ではコチュジャン（辛み調味料）で煮込むそうだけど、私達は味噌で代用している。

直方市内にトンチャンを出す焼肉屋さん色々有ったようだけど、今はどうかなー？

ホルモンと言う名詞《よびな》は、関西から来た言葉で私の小さいころは、トンチャンが普通に使われていたね。

スイーツなら私に任せて。

真ん中に座っていたご婦人が声を掛けてきた。

直方と言えば「成金饅頭」お店は４軒、それぞれ特徴が有るから食べ比べるといいよ。

「成金饅頭」ってどのような、お饅頭ですか？

咲和が尋ねると、ドラ焼きの一種、餡はクリーム色、大きさが特徴で駅前のお店では直径29㎝が最大、成金だから大きいのが売りね。

駅前に魁皇関の銅像が有るでしょう、正面に明治街商店街のアーケードが見えるから、歩いて50ｍ程行った右側に有ります。

宮若市だと、大山菓子舗。以前は和菓子専門だったけど、今は洋菓子も売っています。北九州方面からも買い求めに来るそう。

時代でしょうね、和菓子のファンは減って今はケーキ等洋菓子が好まれるようだから。

高志《わたし》、知っています、宮田バスセンターの道路を挟んだ角に有るお店ですね。

そこは無くなっています、今は元貝島炭砿本社事務所の近くに移転していますよ。

「コッペベーカリー」は小竹町に有ります。

シュークリームが評判、形は丸くなくて、コッペパンを小さくしたような形。

鞍手町は、「満丸饅頭」が私は好き。

観光名所は有りますか？

そうねー、石炭関係だと、直方市石炭記念館、宮若市石炭記念館、鞍手町歴史民俗博物館が有るけど今は休館中。

市内、下境にある須賀神社は世界一古い隕石が有るの、西暦８６１年5月（貞観三年四月）神社の神域に落ちて来たそうです。

時々、外国人がこの駅に降り立って、隕石を見学に来ているようだね。

ただ、何時でも見られるかは分からない、事前に連絡したほうが良いよ。

福地山麓《ふくちさんろく》花公園は、今盛りの花が見ごろじゃないかな。

色々、教えて頂きありがとうございました。お礼を述べた後で、咲和が、それほど大きな駅に見えませんが、線路の数がとても多いようですね。

一番端に居た女性が、すかさず答えた。

石炭全盛期は、この駅はとても重要な駅でした。

その頃、この駅に直方機関区が設置されていました。

お隣の新入駅近くまで、入れ替えの線路が沢山設置されていたそうです。

東京駅より敷地は広く、機関区は８１０人が働いていたそうです（昭和31年）。

蒸気機関車は、前進は得意だけど、後退《バック》は苦手。後ろに石炭、水を入れる炭水車を連結しないと走れないから、蒸気機関車は向きを変えるため転車台を使うの。

転車台見たことある？　大きな劇場に行くと円形の回り舞台が有るでしょう、あの仕組みと同じ、蒸気機関車を転車台に乗せて１８０度回転させると、反対方向に蒸気機関車は走れる様になるでしょう。

直方駅には複数の転車台が有って、一番大きな転車台は23本の線路に囲まれていたそうよ。

ＪＲ九州は、本線と名が付く在来線には、特急が走っている。

鹿児島本線は「きらめき」。

日豊本線は「ソニック」「にちりん」「ひゅうが」「きりしま」。

長崎本線は「かもめ」「みどり」「ハウステンボス」。

久大本線は、「湯布院《ゆふいん》の森」「ゆふ」。

筑豊本線は「かいおう」魁皇関の名を付けた特急が朝と夜に走っています。

豊肥《ほうひ》本線は、２０１６年4月14日に発生した熊本地震の影響で運休中、地震前は「九州横断特急」「あそぼーい」が運行していた。早く復旧して欲しいね。

再度お礼を述べて、成金饅頭を買い求めに歩いて向かった。

すみません、成金饅頭2つ下さい。

丁度2つ残っています、今日はこれで売り切れです。

この時間で売り切れですか？　まだお昼前ですよ。

はい、東京で今年3月の中頃、このお店の「成金饅頭」が新聞で取り上げられました。その後ネット注文が凄くて、瞬く間に品切れに成ります。この勢いは何時までも続いてほしいのですが、どうなる事でしょう。

成金饅頭の表に焼印が押されていますが、梅の花弁《はなびら》のように見えますね？

正解ですよ「ねじ梅」の焼き印です。

早速駅前に、旧直方駅舎の車寄せを再現した休憩所が有るので、ベンチに腰掛け成金饅頭を頂くことにした。

見た目はどら焼きそのもの、大きさは直径9㎝、食べてみると餡を包む皮はしっとりして、噛んだ感じはしっかり。

餡はいんげん豆で、クリーム色の粒餡、甘さは程よく飽きがこない。

東京で食べているどら焼きは、皮が薄くて柔らかく、餡は小豆《あずき》の漉《こ》し餡、どら焼きと成金饅頭は似て非なりですね、形は似ているけど別のお饅頭でした。

咲和さん、ランチは何を食べますか？

勿論、福岡に来れば「豚骨ラーメン」です。

それでは直方駅から近い「ラーメン一番」にしましょう。

お店の正面に「昭和59年創業　ラーメン一番」と大きな看板が掲げられている。

客席のスペースは間口4・5ｍ×奥行5・4ｍ程か。4人掛けのテーブルが6席、カウンターは9席、透明なアクリル板で仕切られ個室状態に。

御注文は？

咲和《わたし》は「ラーメン定食A」をお願いします。

ラーメンと餃子が4個ですね、麺の太さは、普通、細、極細が有ります。

普通麺でお願いします。

高志《わたし》はラーメン、麺の太さは細麺、替え玉お願いします。

テーブルの上には擂《す》った生ニンニク、マー油、辛子高菜（高菜の油炒め）、紅ショウガ、胡麻を置いています。お好みでラーメンに入れてください。

お待ちどう様でした、ラーメン定食Aとラーメンです、替え玉は食べ終わる前に、声を掛けてください。

ありがとう、チャーシュー2枚に5㎝角の焼きノリ、半熟の煮卵が半分、キクラゲ、刻み葱、モヤシが乗っけてある。

スープの色は薄い茶色、豚骨特有の香りは控えめ、飲むと少しトロミが有り濃厚で有りながらさらりとした味。

麺は腰が有り普通が冷麦くらいの太さ、細は素麺程の太さである。

替え玉を頼み、擂《す》ったニンニクを加えた。

スープの味が円《まろ》やかになり癖になりそう。今はコロナの時期、マスクを着用しているから、ニンニク臭は気にならないだろう。

ラーメン屋さんの餃子はニラ、キャベツ、豚のひき肉が餃子の皮に包まれ、もっちりとしていながらパリッとした歯ごたえ、噛むとじわっとニラ独特の香りと旨みが、口の中に広がる。

我が家では、餃子の餡は合挽き肉を使う、豚のひき肉は適度な脂身がじわっとした旨みと甘さに通じるのかな。

なるほど、直方駅で聞いた「当たりは有るが外れ無し」そのものでした。

咲和さん、王塚《おうづか》装飾古墳見学会に出掛けましょうか、此処からだと30分程で行けるでしょう。

咲和さん、受付は済みました。見学は3時10分から3時20分までの10分間です。見学まで間が空くので「王塚装飾古墳館」を見学しましょう。

高志《あなた》見て、レプリカとは思えないわ、色彩鮮やかで文様は精密に描かれていますね。6色の顔料で描かれているそうだけど、見ているとまだ他にも色が有る様に感じます。

古墳時代も現代と同じように、絵心の才能がある人は居たのですね。

そうだね、着色した顔料は鉱物から作られたものもある、この辺りには無いものは遠く離れたところから、交易で手に入れたのでしょう、豊かで大きな力を持っていたのでしょうね。

王塚装飾古墳は、今から1500年前に作られたそうですね。発見されて90年、本物を早く見てみたい。

10人ほどが、のぞき窓を設置した控室に入った。幅5m、奥行き7m、覗き窓は幅

60㎝、高さ80㎝程。

それでは、御説明いたします。

王塚装飾古墳は、全長86ｍ、高さ9・5ｍの前方後円墳です。6世紀中頃に作られたと言われています。発見されたのは、1934年9月30日です。

正面左に「馬」、正面に「わらび手文」右にも「わらび手文」「馬」が描かれています。

中は暗いので、暫く暗闇に目を慣らしゆっくり交代で見学してください。

高志《あなた》、暫く見ていると目が慣れて良く見えます。1500年前に描かれたとは、信じがたい景色です。

そうだね、良く残っていたものです。

すみません、東京から来ました「井《い》」と申します。

空調は、なされているようですが、カビの心配は無いのですか？

石室の内部は、自然のままです。

皆様が居ます、この部屋の湿度が上がり、石室内部の湿度に影響を与えないようこの部屋を空調しています。

咲和さん、ホテルにチェックインする前に、直方駅で駅弁「かしわめし」を買い求めましょう。

包み紙は、右上に洞海湾、若戸大橋、中央から下に玄界灘に注ぐ遠賀川と直方駅、他に鹿児島本線、日豊本線、新幹線に戸畑提灯山笠等が描かれていますね。

弁当の大きさは18㎝角、深さ3㎝の器にかしわご飯、ご飯の上にはかしわのそぼろ煮、錦糸卵、のりが斜め対角線上に乗っかっている。

箸休めは奈良漬、鶯《うぐいす》豆、シソ昆布の佃煮、紅ショウガ少々。

錦糸卵は、薄味でほんのり甘い。

かしわのそぼろ煮は甘辛く、しっかりした味付け。

かしわご飯はほんのり甘味が有り、しっかりかしわの出汁が浸み込みとても美味しい。

毎年人気上位の駅弁は食べて納得、お値段もリーズナブルだ。

咲和さん、明日は竹原装飾古墳を見学します。

同日（4月15日土曜日）午後9時30分

約束の金だ、2500万円入っている。

無理な頼みをして済まなかった、コロナで行き詰まってしまってね。

持つべきものは友だ、有難う。

金を確認したなら、明《あきら》に連絡してくれ。

この後、人に会う約束が有るので、今夜午前0時、諏訪神社本殿の裏で金は渡す。

了解した。

明か、金は受け取った、今夜0時に諏訪神社本殿裏で金を渡すそうだ。

金を受け取ったら例の物を。


午前0時。

金は確かめないのか？

何かおかしなことが有れば、一郎《いちろう》から明《おれ》の携帯に連絡が有るさ。

4月16日（日）

今日は朝9時から、竹原装飾古墳が見学できるので、8時にホテルをチェックアウトして出かけた。

意外に車は少なく、30分程早く着いたので、妻を車内に残し、竹原装飾古墳に隣接している諏訪神社にお参りする事にした。

本殿の裏手に回って見ると、俯《うつぶ》せになっている人を発見した。

近づいてみると、背中に包丁が刺さった男性のようだ、息はしていないように見受けられた。

現場を、荒らさないように、その場を離れて110番に通報した。

救急車が到着して、間もなく警察もやって来た。

事情聴取されたが、同じ質問を繰り返し何度も行われた。

テレビドラマで見た、刑事が事情聴取するシーンそのままだった。

前に答えた内容と少しでも違うと、鋭い突込みが有った。

鑑識さん、拝殿の床下は入れない様になっているが、床下換気孔ブロックからファイバースコープを突っ込んで、侵入した形跡がないか、遺留品は残っていないか隅々まで調べてください。

鈴木、小林は第一発見者に事情聴取。

伊藤、山口は周辺の聞き込み、田中、加藤は屋根の上と、天井付近に遺留品がないか登れ、何か発見したら鑑識さんに見てもらえ、決して触るなよ。

宮若警部交番（旧宮田警察署）にスライダー（伸縮梯子）1本、2mの脚立2台から3台、大至急運ばせろ。

田中、加藤は梯子が到着する間、この神社の管理者に連絡して、調査に立ち会ってもらうよう連絡をとれ。

神社の管理者は誰か、竹原装飾古墳の責任者に聞いてみろ。

規制線は、竹原装飾古墳の見学通路だけ確保して出来る限り大きく取ってくれ。

林主任、なんだ田中。

諏訪神社の管理者に連絡しました、すぐに駆けつけてくれるそうです。

ご苦労さん、スライダーが到着次第、落ちないように気を付けて登ってくれ。

鑑識さん、死亡推定時間は判りましたか？

はっきりとしたことは解剖しないと分かりませんが、死後9時間程経過しているようです。昨夜の午前0時前後と推測します。

遺留品はどうですか？

免許証、キーホルダー、携帯電話、財布には2千円と小銭、ハンカチですね。

キーホルダーには車の鍵と玄関、勝手口の鍵とおぼしき物が付いています。

鑑識さん、携帯電話触ってもいいですか？

良いですよ、指紋採取は終わっています、ルミノール反応は出ませんでした。

携帯の履歴は、昨夜9時35分に着信しているな、林《わたし》の携帯から掛けてみるか。

林主任、どうですか？

呼び出しはしているが、出ないな。

通報された「井《い》」さんですね。

はいそうです。

私、直方警察署刑事課、林です。

発見された時の状況をお聞きします。

林さん、これで3度目ですよ。

申し訳ありません、聞き漏らしが有るといけないので、もう一度お願いします。

通報された時間は、午前8時40分で間違いないですね。

はい、携帯電話の履歴から間違いありません。

発見に至る状況は？

昨日、嘉穂郡桂川町の王塚装飾古墳を見学しました。

今日は、竹原装飾古墳を見学するために来ました。

直方市内のホテルを出たのが8時、この駐車場に8時30分頃到着しました。

見学は9時からです、少し時間が有るので妻を車内に残し、諏訪神社へお参りしました。

拝殿に参拝して、敷地を回る様に本殿裏に行きついたところ、人が倒れているのを発見しました。

背中に包丁の柄の様なものが刺さっていて、背中が動かないので、呼吸《いき》はしていないようでした。

井さんは、地元の方ですか。

いえ違います、東京から来た旅行者です。

井さん、うちの署員が、最初に尋ねた時、帰省と答えられていますが、どちらが本当ですか？　ただの旅行者と帰省では大変な違いが有りますよ。

関わりたくない、との思いはお察ししますが、これは殺人事件です。

土地勘が有るのと無いのでは、捜査に重大な影響が出ます。

すみません、父親が炭坑に勤めていた関係で、中学2年生まで旧宮田町に住んでいました。

同級生が転校する直前に亡くなってしまいました。

49年振りに、亡くなった場所へ花を供えてきました。

旧宮田町に親戚は一軒も有りません、ここは旧若宮町、土地勘はほとんどありません。

竹原装飾古墳を訪れたのは初めてですか。

いいえ、小学4年生の時、社会科見学に来たことが有ります。

見学した後、諏訪神社の拝殿で、お昼ご飯を食べました。

林の携帯を見てください、写っている人を知っていますか？　亡くなられた被害者です。

さー、見覚えは有りませんが。

同日午前9時57分
１１０番通報だ、嘉穂郡桂川町寿命、王塚装飾古墳館先、中谷橋《ちゅうや》下の河川敷で、仰向けに倒れて胸に何かが刺さっているとの内容だ、直ぐに出動せよ。

飯塚警察署の鑑識は、管内に発生した未明の火事で出払っている、機動鑑識班（地域《ち》毎《う》に配置されている）に出動依頼をする、到着まで時間がかかると推察される、現場を荒らさないよう留意する事。

松本、森、規制線を張れ、吉田、石井は付近の聞き込み、村上、太田は第一発見者から事情聴取、掛かれ。

鑑識さん、死亡推定時刻と死因は？

死後、14時間てぇとこかなー、昨夜の21時から22時、まっ詳しくは後《のち》ほど。

死因は正面から心臓を一突き、刃渡り18㎝の出刃包丁。

鋼《はがね》の磨《す》り減り具合を見ると、家庭で使用されていた物だろうね。かなり古そうだから、出所《でどころ》を突き止めるのはかなり難しそうだ。

銘が、入っているから、データベースにヒットすれば良いけど。

遺留品はどうですか？

免許証、車のキー、現金2万5千円と小銭の入った財布、携帯電話、カラビナに鍵

6本、ポケットティッシュ。

物取りや、通りすがりの犯行では無さそうだな。

松本か森、堤防に止めて有る、白い軽の箱バン、施錠して無いようなら、車検証を見てみろ、被害者の車なのか確認。

被害者の名前は、阿比留《あびる》一郎《いちろう》、住所は宮若市×××だ、手袋しろよ。

後藤主任、施錠はなされていません、車の持ち主は被害者で間違いありません。

鑑識さん、ここが済み次第、車念入りにお願いします。

あいよ。


直方警察署の事情聴取が、漸《ようや》く終わり、遅めの昼食を取るため宮若市内「犬鳴寿し」へ向かった。

数寄屋作り風の建物に入ると、左側に通路が有り、通路左に2人掛け席が2つ、右に4人掛け席1つ、突き当りに4人掛け席2つ。

右側は、3つの部屋に仕切られ、密にならない様ゆったりと、8人席を確保している。

カウンター席はかなり座れそうだ。

ランチは3種類、110円プラスすると赤出汁《あかだし》をうどんかそばに変更出来る。

咲和《つま》は、寿司ランチ、高志《わたし》はサービス定食プラス110円のうどんを注文した。

運ばれてきた高志《わたし》の料理、鯛の刺身はこりこりした歯ごたえ、ほんのり良い甘味、鰤《ぶり》は4㎝×2㎝、厚み5〜6ミリしっかりした噛み応え、マグロの赤身も新鮮で、さすがにお寿司屋さんのお刺身。

煮物は、ニンジン、大根、椎茸、高野豆腐、魚のすり身、京風の上品な薄味。

ひじき煮は、ひじき、ニンジン、油揚げ、味付けは、ほんのり甘くしょっぱさは、全く無い。

茶わん蒸しは、プルルンとした触感、量も丁度良い。

天ぷらは、エビ、茄子、ピーマン、ニンジン、さくさくして、天つゆはほんのり甘く天ぷらと相性抜群。

最初に食べるべきだったか、福岡のうどんは、「うろん」と表現する人もいるほど、柔らかい、きっとのびていると思いながら箸を進めた。

のびていない！　腰が有る。味は、うどん屋さんが提供する「うどん」とそん色がない、寿司屋さんで本格うどんとは驚きである。

この他に、サラダ、香の物、デザートに蜜柑にパインアップルどちらも甘い、食後にコーヒーか紅茶だ。

咲和さんの寿司ランチは、お寿司が5貫、巻物が1貫、茶わん蒸し、天ぷら、小鉢、サラダ、赤出汁、食後はコーヒーか紅茶付き。

お寿司は、ネタが新鮮、触感もしっかりして美味だったそう。

ランチの後は、スイーツを求めて大山菓子舗まで足を延ばした。車で3分だ。

お店の入り口には、お菓子の写真とCARROTの文字、since1923年の垂れ幕が掲げられ、100周年を祝い送られて来た胡蝶蘭が、所狭しと飾られている。

店の中は、それほど広くは無く、ショウケースの長さは2m程、コロナで人数制限されていた。

和菓子はかりんとう饅頭が5種類、やぶれ饅頭、イチゴ大福他。

洋菓子は、キャロット、シュークリーム、ティグレ（フランスの焼き菓子）、セレナ（黒糖とデーツのサンド）他。

沢山あって、どれにするのか迷ったが、かりんとう饅頭、黒丸、しろう丸、キャロットに決定。ちなみにかりんとう饅頭のネーミングは宮若市に実在する地名に準《なぞら》えているそうだ。

キャロットから頂いた。

長さは、14・5㎝、幅2・5㎝、高さ1・3㎝、2層に成っていて、表面はアーモンドをスライスしキャラメルでコーティング、キャラメルの甘さに微《かす》かな苦味が絶妙。

2層目は、ソフトクッキー、頬張ると口の中でホロホロ砕ける触感、甘味は程よい。

続いて、かりんとう饅頭を頂いた。

しろう丸は、直径5㎝、高さ2・3㎝、餡は手亡豆の白餡、黒丸は、小豆の黒餡、皮に特徴が有り、米油で揚げているのでしっとり感は無く、カリカリで香ばしい。

餡は、ほんのり甘く上品だ。

スイーツを頂いた後、高志《わたし》が通った大之浦中学校へ行った。

今は廃校となり、宮若市の石炭記念館として活用されていた。

入り口で検温を済ませ記帳、そのまま2階へ駆け上がった。

以前の姿で残されていた教室を巡り、中学校時代の事を思い出し感慨に浸《ひた》っていた。

突然、後ろから声をかけられた。

もしもし、貴方は大之浦中学校に在籍していた井《い》　高志《たかし》さんですか？

はいそうですが、と答えると。

俺だよ、田之上《たのうえ》　良夫《よしお》、何年振りかね。

田之上　良夫？　直ぐには思い出せなくて、一呼吸おいて漸《ようや》く思い出した。

良夫か！　韋駄天《いだてん》と渾名《あだな》がついていた足が凄く速かった良夫、懐かしいな。

足が速かったのは若い時だけ、今は太って昔の面影も無いよ。

横にいらっしゃるのは、奥さんですか？

はい、井《い》　咲和《さわ》と申します。

初めまして、同級生の田之上　良夫です。

宮若市職員を退職した後再任用され、石炭記念館館長として勤務しています。

高志、何時からこちらに来ていた？

昨日、土曜日から来ているよ、今日は大変なことに出くわして参ったよ。

大変な事って？

実は、竹原装飾古墳に隣接する諏訪神社で、刺殺された被害者を発見してね。

えー！　第一発見者は、高志だったのか。

高志、殺されたのは誰か、知っているのか？

携帯で撮った写真を見せられたけど、知らない人だった。

同級生の明《あきら》、椎葉《しいば》　明だよ、お昼に竹原装飾古墳の責任者井上から聞いた。

宮田町と若宮町が、平成18年2月に合併してね。

当時、良夫《おれ》は宮田町職員、井上は若宮町職員、合併後の職場が一緒でね、妙に馬が合って、今でも時々飲みに行っている。

井上の話では、今朝、刑事から殺されたのは宮若市に住む椎葉　明と言う人物だが、知らないかと携帯の写真を見せられたそうだ。

5日前、4月11日（火）閉館直前来た人に良く似ている、と答えたそうだ。

刑事に日時は間違いないか、と問われ、月曜日が休館日、火曜日の事だからよく覚えています、時間は3時40分頃ですね。

続けて刑事が、何か話しましたかと質問《きいた》。

特に話はしていませんが、「石室の中に入れるのか」と聞かれたので、文化庁の許可が下りないと入れない、そう答えたそうだ。

殺されていたのは明だったのか、刑事に知らない人、と答えてしまったからこの後、連絡しとかないと疑われてしまう。

高志、往還《おうかん》からここに来るとき、ポスターが目に留まらなかったか？

気が付いていたけど、それが？

最所《さいしょ》隼人《はやと》、岩元《いわもと》隼人《はやと》だよ、養子に入って苗字が変わった。

1週間前の県議会議員選挙で、4回目の当選が無投票で決まった。

次の県議会議長に推挙されるだろう、と噂されている。

隼人のこと、良く覚えている、正義感が強く、リーダーの素質が有り高志《おれ》と仲良かった。

殺された明と会ったのは、2年ほど前。

宮若市が所有する、所田鉱泉に出掛け出会った、梅雨時だったな。

大之浦中学校卒業以来会っていなかった。

明は宮若市×××に家を新築、今は仕事を辞め、奥さんを亡くして子供はいなくて一人暮らし、近くに住む妹さんになにかと世話になっていると話していた。

以後、立ち入った話はやめにした、会ってもオーで済ませた。

社会福祉センターの管理責任者に聞いた話では、毎日夕方6時頃来ていたそうだ。

高志、ホテルのお風呂は狭いだろう、所田鉱泉に入っていかないか。源泉かけ流し、泉質は良いよ、此処から車で5分かな。

良いね、2人とも温泉大好きだからこの後行くよ。

此処が所田鉱泉？　宮若市社会福祉センターの横文字と、「ご湯っくり」と自動ドアに書いてあるだけの施設だけど。

中に入ると、検温器と入浴の券売機があるから間違いは無さそうだ。

私達は、市外だから410円、市内60歳以上だと120円、自宅の風呂に入るより安いし掃除も必要ない、一人暮らしの明が毎日来ていたのが理解出来る。

お風呂は洗い場が10ヶ所、椅子に座ってシャワーが使える洗い場3ヶ所の計13。

湯船は、台形で目測では手前が4m、両翼5m、奥は1mの広さである。

お湯は、無色透明、微《かす》かに硫化水素と次亜塩素酸の臭いがする。

次亜塩素酸の臭いは、自噴しているお湯は摂氏21・3度の鉱泉水だから、加温しお風呂で使用する場合、次亜塩素酸を加えて消毒するよう決められているからだろう。

お湯に入り手足を撫でると、ぬるっとした手触り、良夫が言った通り良いお湯だ。

高志《あなた》、肌がしっとりとして、とっても良いお湯でしたね。

脱衣所に掲げている説明書に、「フェノールフタレイン液を直ぐに赤変し」って書いてあったけど、どんな意味が有るのかしら？

アルカリ性の鉱泉水、と言うことだね。

弱アルカリは赤色、強アルカリは紫色に変色する。

土木工事で、軟弱な地盤にトラックや重機を走らせたい場合、水分の含み具合でセメント系固化材を1㎥当たり、50kgから120kg投入し、縦に回転するプロペラの様な機械をバックホウに取り付け攪拌する。

土と固化材が混ざっているか、確認するため羊羹を切ったように土を縦に取り除き、土の壁に「フェノールフタレイン溶液」を噴霧器で振り掛ける。

土の壁が紫色に変色すれば固化材が混ざっていると確認できる。

へーそうなのですか。

常連のお客さんとお話ししましたら、此処のお風呂は、毎月1日に入れ換わるそうですよ、今日入った女性専用湯船の方が、若干広めだそうです。

忘れていた、直方警察署林さんに明の事を電話しないと。

もしもし林さんでしょうか、井と申します。

今朝、殺された人を知らない、と答えていましたが、先ほど被害者は同級生の椎葉明だと教えてくれる人が居ました。
誰からの情報ですか。
はい、椎葉　明と私の同級生、宮若市石炭記念館の館長、田之上　良夫からです、
竹原装飾古墳の責任者から聞いたそうです。
詳しい話を聞きたいので、明日の朝10時30分に飯塚警察署までお越し願います。
もう一つお尋ねします、阿比留　一郎と言う人に心当たりは有りませんか。
阿比留　一郎、阿比留　一郎、確か中学生の時に同じ名前の、同級生が居ましたね。
繋《つな》がった、明日お待ちしています。

4月17日（月）早朝の飯塚警察署
起立、礼、着席。

只今から、直方《のおがた》警察署管内で起きた殺人事件、飯塚警察署管内で起きた殺人事件は、関連が有ると判断されたので、合同捜査本部を飯塚警察署に設置した。

前列に着席している幹部を紹介します。

会議の司会を務める飯塚警察署、署長の菅《すが》と申します。

向かって右から順に直方警察署刑事課、栗山課長、直方警察署、桐山署長、飯塚警察署刑事課、衣笠課長。

左端に座られているのは、今から捜査の指揮を執られる、福岡県警察本部、警視黒田管理官。

只今紹介頂いた、県警本部で管理官をしています、黒田です。

合同捜査本部が設置された経緯を、直方警察署、栗山課長から説明してください。

はい、黒田管理官。

4月16日午前8時40分110番通報が有りました。

通報の内容は、宮若市竹原に位置する諏訪神社境内で刺殺死体を発見した。

直ぐに駆けつけ、鑑識、遺留品の捜査、付近へ聞き込み、第一発見者の聞き取りを行いました。

遺留品の中に、携帯電話が残されていたので、最後に通話した番号に林主任が掛けました。

呼び出し音はするが誰も出ません。

30分ほどして、林主任の携帯が鳴り携帯を取ると、相手は飯塚警察署刑事課、後藤主任でした。

林主任が掛けた携帯電話の持ち主は、嘉穂郡桂川町寿命、王塚《おうづか》装飾古墳館先、穂波川に架かる中谷《ちゅうや》橋下の河川敷で刺殺された被害者の持っていた携帯電話です。

この内容を県警本部に報告したところ、協議の結果、極めて関連性が強く疑われる、合同捜査本部を設置して対応する事になりました。

追加の報告です、昨日夕方、林主任へ諏訪神社で刺殺死体を発見した者から、被害者は同級生でした、と報告が有りました。

更に、中谷橋下で刺殺された被害者、阿比留　一郎と言う名前に、心当たりはないか、尋ねると、中学校で同じ名前の同級生が居たとの回答が有りました。

以上の事から、刺殺された２人の被害者、諏訪神社の第一発見者は同級生の可能性が有ります。

第一発見者に午前10時30分、飯塚警察署に出頭する様、要請しています。

続いて、直方管内で起きた殺人事件の内容を説明してください。

はい、黒田管理官、説明は刑事課林主任が行います。

直方警察署刑事課主任、林です。

ホワイトボードを使って説明いたします。

栗山課長が先ほど説明した内容と、重複《ちょうふく》する事が有ります、ご容赦願います。
1、110番通報は、令和５年４月16日、日曜日、午前８時40分。
2、通報の内容は、宮若市竹原装飾古墳の横に位置する諏訪神社境内で、背中を刺された男性が居る。息はしていないようだ。
3、発見現場は、宮若市竹原３××番地先諏訪神社、本殿裏。

残された免許証から被害者は椎葉　明、年齢、64歳。

検死の結果、殺害された推定日時は、4月15日土曜日23時30分から翌16日日曜日0時30分の間です。

死因は、心臓を刺されたことによる、出血死。

被害者は、刃渡り16㎝の出刃包丁で背中から心臓を一突きされておりました。

凶器はそのまま体内に残されています。

指紋は採取できません、犯人は手袋を着用していたと推察します。

包丁の銘から、長崎県内にある刃物工房と判明したのでメールで写真を送付。

返ってきた返事は、30年以上前の包丁です、売買の記録は残っていない。
4、諏訪神社正面から、30ｍ程離れたところに、竹原装飾古墳見学の為の駐車場が有ります。
この駐車場に被害者の車が有りました。この場所から、一番近いコンビニの防犯カメラの映像で判断すると、23時50分頃この駐車場に到着したと推定されます。
5、被害者の住所は、宮若市××××番地。
職業は無職、厚生年金を受給して生計を立てていたようです。

家族構成、妻は5年前に病死、子供はいません。身寄りは近くに住む、妹夫婦が居るのみのようです。

妹さんに事情聴取したのですが、取り乱してパニック状態になり、こちらの質問を理解出来ない様子です。

被害者の義理の弟、妹婿から被害者の元勤務先は確認出来ました。

今日、改めて会議が終わり次第、事情聴取を行います。

6、聞き込みについて。

① 殺害推定時刻、現場付近に目撃情報は有りません。付近の防犯カメラを虱《しらみ》つぶしに当たっています。

② 竹原装飾古墳の責任者へ、携帯で撮った写真を見せ、被害者を知っているか、聞き取りをしました。
5日前の、4月11日火曜日、閉館直前来た人に良く似ている、時間は午後3時40分頃。

被害者と、何か話したかと聞くと。

特に話はしていない、「石室の中に入れるのか」と聞かれたので、文化庁の許可が下りないと入れない、そう答えたそうです。

③ 被害者宅、周辺の聞き込みで、3月初め頃から、白い軽の箱バンを、見かけることが時々あった様です。

④ 被害者の元勤務先に、事情聴取を行いました。

勤務先は、博多で中核のホテルです。被害者は、高校卒業と同時に入社、退社時の役職は副支配人だったそうです。

2年前、コロナ蔓延で客足は途絶え、このままでは倒産の憂き目にあう。

会社は全員を集め、リストラによる人員削減案を提示。

その時、真っ先に手を挙げたのが、被害者でした。

若い人の雇用を守ってほしい、私は一人身、どうにか生きて行ける。

その一言で、年配の人達から、俺も私もと、次々に手が上がった。

会社側は、スムーズなリストラが出来たと被害者を、べた褒めでした。

一般の社員に、聴取すると違う反応がありました。

リストラを提示された1年前から、手当はカット、残業や休日出勤も無く、勿論ボーナスは無かったそうです。

リストラに応じた人は、内心いつ転職しようか、と考えていた様子でした。

退職金は2割増し、絶好の機会じゃなかったのか、会社都合なら直ぐに失業手当も支給されますから。

被害者の人物像は、仕事熱心で真面目、人の恨みを買うなど、トラブルを起こす人ではありません、と口を揃えたように言っております。

以上が、被害者が元勤めていたホテルでの聞き取りの内容です。

⑤ 第一発見者井《い》　高志《たかし》、年齢64歳、住所は東京都墨田区××××番地。職業は契約社員、帰省の為、妻を伴い1週間の予定で、滞在しているそうです。念のため、4月15日夕方から翌朝までのアリバイを確認しました。直方市内のビジネスホテルに設置している防犯カメラの映像から、15日17時30分チェックイン、翌16日8時チェックアウト、この間、防犯カメラの映像では、ホテル内から出た形跡は有りません。又、駐車場の防犯カメラも確認しましたが、所有する自家用車が移動した形跡は有りませんでした。

以上です、何か質問が有りますか。

はい、飯塚署の後藤です。被害者椎葉　明と、阿比留　一郎が同級生であると確認はとれましたか？

いえ、まだ確認はとれていません。会議終了後に第一発見者、井　高志、宮若市石炭記念館、田之上　良夫に事情聴取する予定です。

他に質問が無ければ、続けて飯塚署管内で起きた殺人事件について、衣笠課長説明してください。

承知しました、黒田管理官、後藤主任説明しなさい。

飯塚警察署刑事課主任後藤です。

まず、110番通報は、4月16日午前9時57分、農作業従事者から、中谷橋の下で人が仰向けに倒れている、胸に何かが刺さって居る様だ。

直ぐに駆けつけ、現場を保存しました。

被害者は、持っていた免許証から、住所は宮若市××××番地、阿比留　一郎、64歳、後《のち》の事情聴取から、工務店を経営しています。

死因は、刃渡り18cmの出刃包丁で正面から刺された事による出血死、即死だったようです。

解剖の結果、死亡推定時刻は、4月15日、21時から22時。

被害者は、同日21時少し前に、出掛けて来ると妻に言い残し、外出しています。

被害者の家族は、妻と子が3人、子供たちは結婚して家を出ています。

現在は、妻と2人暮らしです。

奥さんに事情聴取をしました。

被害者、阿比留　一郎は中学卒業後、直方市内の工業高校に進学、専攻は土木、卒業後北九州市内の建設会社に就職。

この会社で、建築と土木を学び、二級建築士、二級土木施工管理技士の免許を取得しております。

27歳の時、奥さんと結婚、奥さんは同じ会社で経理をしていたそうです。

30歳で円満退職、2人で旧宮田町（現宮若市）に工務店を立ち上げたそうです。

最初の2～3年は鉱害復旧事業の下請けから始め、徐々に元受けできるようになり、経営は軌道に乗ったそうです。

従業員も増え、順調であったが平成12年3月末に、時限立法「臨時石炭鉱害復旧法」が失効します。

阿比留　一郎は業態転換を迫られ、「リフォーム専門」の工務店としてスタート。

当時、この地域ではリフォーム専門の工務店は一般的で無く、口コミで仕事は順調に、依頼が有ったそうです。

事業が行き詰まったのが、3年前発生した「コロナウィルス」、ゼロゼロ融資（コロナ蔓延で中小企業救済の為、無利子、無担保、金利は国、県が負担する制度）で2年間凌《しの》いだが、借入金は1800万円に膨れ上がり、これ以上は無理と判断、全従業員を解雇しました。

阿比留　一郎が亡くなった事で、住宅ローンは免責になりますが、1800万円の借入金は、土地、建物を売却して調達する以外に方法は無く、奥さんは途方に暮れているようでした。

生命保険は、すべて解約、1年契約の掛け捨て保険を1口加入しています。

ちなみに、不慮の事故で530万円支払われるそうです。

凶器となった出刃包丁は、銘と言いますか丸い刻印が3つ有りました。データベースによりますと、熊本市内に有る鍛冶屋の物と判明。

電話が通じないので、熊本県警に捜査協力を仰ぎ確認してもらいました。

鍛冶屋は、30年ほど前に廃業、鍛冶屋夫婦は他界しており、それ以上は分からないと報告が有りました。

第一発見者の身長は１５６㎝、被害者の身長は１７０㎝、出刃包丁の進入角度から、第一発見者の犯行と推測する事は、不自然である、と鑑識の見解も有り容疑者から外してよいと考えます。

親しくしていた人は、仕事仲間と石炭記念館の田之上　良夫位だそうです。

周辺の防犯カメラを確認しておりますが、被害者以外の不審な車両は確認できていません。

それでは、今日の捜査方針を伝えます。

直方署林主任、鈴木刑事、飯塚署村上刑事、３名は椎葉　明の妹さんへ事情聴取。

飯塚署後藤主任、吉田刑事、直方署小林刑事３名は、宮若市石炭記念館、田之上良夫へ事情聴取。

椎葉　明、阿比留　一郎の接点も忘れるな。

井　高志への事情聴取は、直方署伊藤刑事、飯塚署石井刑事が行う。

直方署山口刑事、飯塚署太田刑事は、飯塚地方裁判所に出向き、携帯電話の通話開《か》示命令《み》書を受け取って通話履歴を探れ、裁判所にはすでに開示請求をしている。

他の刑事は、２人１組で両被害者周辺の聞き込み、防犯カメラを確認、さらなる不審車両、不審者の特定を行う。

夜の検問を、今日から１週間行う。

諏訪神社周辺は、午後10時半から午前１時半まで、中谷橋周辺は午後８時から午後11時までとする。

以上解散。

高志《あなた》、今日の事情聴取は、早く済みましたね。

そうだね、昨日は時間をおいて同じ質問を３度も繰り返し聞かれたから。

さて、ランチとスイーツの聞き取りを、新飯塚駅でしましょうか。

２人連れのご婦人に声を掛けた。

すみません、東京から来た旅行者ですが、この周辺に美味しいランチと、スイーツのお店、観光地も有れば教えて貰えませんか。

はい、上品な初老の女性が答えた。和食なら料亭「うるの」がお奨めでしょうね。

今日は月曜日だから、ランチが楽しめますよ。

土曜日、日曜日、祭日は、予約でコース料理だけなの。

中華なら、新飯塚駅近くに、「かやの森飯店」がいいわね、注文は気を付けてね、量が多いから食べ切って次を頼まないと持ち帰りになります、料金はリーズナブル。

ラーメンは、味噌ならサッポロラーメン「流氷」、豚骨は臭いが少し強めの「博多」、ラーメン屋さんは沢山あってどれも個性的で美味しいです。

焼肉屋さんも結構多くて、「赤森」「韓宛」はお奨め。

スイーツは、貴方たち東京からお見えですよね、「ひよこ饅頭」は東京銘菓と思っているでしょうが、実は飯塚が発祥なの。

本当ですか！　ひよこ饅頭は東京のお菓子と思っていました、咲和が声を挙げた。

他に、「千鳥饅頭」もここ飯塚生まれ。

さかえ屋の「南蛮往来」もお奨めよ。

少し遠いけど、嘉麻市「城主饅頭」これも美味しいわよ、炭鉱の街だから、他にも甘いお菓子は沢山あります。

坑内労働は、大変苛酷だから、自然と甘いものを求めたのでしょうね。

酒蔵も、飯塚、嘉麻市に幾つかあります。

発車の時刻が近づいたので、丁寧にお礼を言って別れた。

咲和さん、今日は何を食べましょうか？

鰻など如何ですか。

高志《あなた》にお任せします。

それでは、和食のお店「うるの」に行きましょう。

喉が渇きましたね、自販機が見えます。

あれー、この先は工場団地だね、ナビに間違いは無いでしょうが。

大きな横断幕が掲げて有りますよ、「従業員大募集」人手が足りないのですね。

この会社は、電気関係の様だね。

敷地内で、何かしている人が居るから「うるの」は近くか聞いてみよう。

すみません、「うるの」と言う料亭は近くでしょうか？　工場団地に迷い込んだようで。

はい、この道で間違いありません。この先2つ目の信号を左、更に2つ目の信号を過ぎると「茶寮　うるの」と書いた大きな看板が目に入ります、そこを左に行けばすぐです。

此処から3分程ですね。

お礼を述べていると、そこに、事務所から女性が小走りに駆けより、社長お電話が掛かっています、と声を掛けた。

高志《あなた》、あの若さで社長ですって、すごいですね、見た目30代半ばってとこですよ。

中々ハンサムな青年だね、駐車している車は、ざっと50台、従業員と家族の生活が両肩に乗っかっている。

事業が順風満帆なんて世界中どこにも無い、山が有れば必ず谷もやってくる。

あの若さで、誰に相談することも無く、相談したところで、全てを自分自身が決断し前に進まなくてはいけない。

大変な事だよ、大企業なら会議を開き協議を重ねて進めばよいが、小さなところは、全てが社長の即断で進まなくてはならない、正しいか間違いか考える時間は少ない。

工場には、神社を祭っているところが見受けられるよね。

工場、従業員の安寧を祈願する事は勿論だが、高志《わたし》はその他に社長が心の拠《よ》り所を求めているのではないかと思っている。

心を癒し孤独感に打ち勝つ為、神、仏に帰依したい、その気持ちが神社を祭ることに繋《つな》がっている気がする。

あの若さで、これから孤独感と戦って行かなくてはならない宿命を、背負うことになるだろう。

長男の嫁、加乃さんの実家は建設業で、社長さんをされていますが、近くの神社から分霊して貰った祠《ほこら》が祭ってありました。

加乃さんの父親もそうなのでしょうかね。

高志《あなた》、本当に、3分で着きましたね。

格子戸を潜り左へ進み右に入り口、純和風の作り。

奥の部屋に通された、部屋は12畳、鉤《かぎ》形の廊下も13枚の畳敷き、合わせて25畳。手前の部屋も、同じような作りの様だ。

相部屋で3組が同席する、5人席と4人席が配置され、両方とも法事の後の食事会の様だ。

咲和さん、ランチメニューに鰻は「ひつまぶし」だけの様だね。

すみません、ひつまぶし、鯛茶漬けお願いします。

出されたほうじ茶は、薫り高く円《まろ》やかな味でとても美味しい。

鯛茶漬けの鯛は、10切れ余り、やや薄切り、そのまま頂くとほんのり甘く歯ごたえも有って美味しい。

茶漬けは、鰹出汁《だし》が強く味わえるが、微かに昆布も入っている。

和え物は、椎茸を中心に上品な出来栄え。

「創業67年の歴史を誇る老舗料亭」と言うだけの味だ。

咲和さん、鰻はどうですか。

味は、とても良いです、触感がいつも食べている鰻と少し違いますね。

鰻好きの咲和さん良く分かりますね。

調理のやり方が、関東と関西で違いが有ります。
関西は、鰻を腹から裂いて、そのまま素焼きにしてたれを塗《まぶ》しながら焼き上げます。
関東は、背中から捌き、一度蒸して素焼きにして、たれを塗して焼き上げる。
蒸すか蒸さないか、の違いが触感に関係します。
鰻は、東京で食べているのが普通だと思っていました。
この鰻、味はとっても美味しい、関西風と口の中で感じながら頂きます。
お茶漬けにすると、柔らかくなり関東風になりましたね。
高志《あなた》、ご馳走様でした、ランチを料亭で頂くなんて、東京では中々味わえません、
お食事代金もとってもお安い。
咲和さん、スイーツは、さかえ屋さんにしましょう、ひよこ饅頭、千鳥饅頭は東京
でも食べる事が出来ますからね。
さかえ屋さんは、和菓子も作っています。最中《もなか》「すくのかめ」が和菓子代表のお菓
子。
弥生時代の古墳から出た須玖式土器を模《かたど》った甕《かめ》型のお菓子、餡は小豆、抹茶、櫻
（全て餅入り）。
今日は、洋菓子「南蛮往来」を頂きましょう。
長さ８・５㎝、幅５㎝、高さ２・５㎝、表面は薄いこげ茶色。

噛むとサクッとした歯触り、中はしっとりとしている。

さつま芋の焦げたような香りが鼻に抜け、甘さが舌に伝わってくる。

とても美味しい、東京でもきっと、評判になるでしょうね。

ランチ、スイーツも頂いたことだし、筑豊の炭鉱王・伊藤伝右衛門邸に行きましょう。

正面の門に、幅25cm、長さ1・5m程の銘木に「旧伊藤伝右衛門邸」達筆な文字で書いてある。

揮毫《きごう》は元内閣総理大臣　麻生太郎氏　と案内板の一番下に小さく掲げられている。

元総理は飯塚出身だから、揮毫をお願いしたのだろう。

パンフレットには、敷地面積約７５７０㎡、建物延床面積１０２０㎡、国指定重要文化財、庭園は、国指定名勝に指定されている。

外観を見ると、ガラスが波打ったように歪《ゆが》んで見える。

イギリスから輸入されたらしく、今では手に入れることは出来ないそうだ。

建物内を調査した時、天井板を2枚打ち抜いて、修復に数百万円の費用が掛かったそうだ。この建物に使われている木材は、現代ではとても貴重な物らしい。

玄関を入ると、左にマントルピース、ステンドグラスが嵌め込まれた洋風な8畳ほどの応接室。

本座敷に行くには、畳の廊下を進み、廊下の上に目を遣《や》れば矢羽根天井、右に中之間、角之間、右に折れて左に12畳の次之間、漸《ようや》く15畳の本座敷。

特に素晴らしいのは、明治末期から大正時代に和式の水洗トイレが設置されていた。伊藤伝右衛門が、柳原白蓮《びゃくれん》の為に設置した物だろう。

白蓮さんは、朝食はパン食だったそうで、毎朝、女中さんが新飯塚駅から、門司港までパンを買い求めに行っていたそうだ。

高志《あなた》、白蓮さんは、どうして伊藤伝右衛門さんへの「三下り半」を新聞に掲載したのかしら。

諸説ある様だね、人の心の中は読めないけど、伊藤伝右衛門さんは白蓮さんを床の間のお飾りの様に何もさせず、籠の鳥のお姫様にしていた。

伝右衛門さんの着替えすら、御付の女中さんが手伝う事を厳しく拒絶したそうです。お飾りや籠の鳥、お姫様は嫌だった、仕事がしたくてたまらなかった。

と高志《わたし》は、解釈しています。

咲和さん、今日は飯塚市内のビジネスホテルに泊まります。

4月18日（火曜日）

起立、礼、着席、只今から飯塚警察署、直方《のおがた》警察署で起きた、殺人事件の合同捜査会議を行います。

まず、直方署管内で発生した諏訪神社刺殺死体の第一発見者、井　高志への聞き取り調査について、直方署伊藤刑事報告しなさい。

はい、黒田管理官。飯塚署に於いて、4月17日午前10時30分から事情聴取いたしました。

井　高志の話では、宮若市石炭記念館、田之上　良夫から被害者は同級生、椎葉明と知らされた、再度顔写真を見せても、分からないと言っています。

石井です、伊藤刑事が事情聴取する間、井　高志の動向を観察しました。

落ち着いた受け答え、勿体ぶったり、次の質問に身構えたり、嘘や何かを隠している、その様な素振りは見受けられませんでした。

井　高志は、今週の土曜日、深夜にフェリーで東京に帰る予定をしているそうです。

居場所は、毎夕報告するよう要請をしています。

分かった、続いて被害者、椎葉　明の妹さんへの聞き取りを直方署林主任報告しなさい。

はい、管理官。被害者椎葉　明は中学卒業後、宮田町（現宮若市）の商業高校に進学、卒業後は博多のホテルに就職、令和3年4月末日、会社都合により退職。

現在一人住まい、無職です。

財産を相続する権利者は、妹さんのみだそうです。

財産と呼べるものは、土地、築18年の建物だけです。

生命保険は、妹さんの勧めで退職直後、掛け捨ての共済保険に一口加入しています。

入院保障型保険、入院１日につき７５００円、不慮の事故で死亡した場合、10万円が支給されます。

次に、被害者の金の流れです。妹さん承諾のもと、通帳を確認しました。

被害者は几帳面で、整理整頓がきちんとなされ、調べる手間が短時間で済みました。

金額は、端折《はしょ》って報告します。

２年前の、５月15日、勤務していたホテルから退職金と給料合わせて、１５００万円が振り込まれています。

翌日、１４００万円が引き出されました。

預金通帳の端隅《はじすみ》に、鉛筆書きで使途が記入されています。

一番上から、住宅ローン８５０、借入３００、妹２００、健保50と書かれています。

妹さんの話では、銀行へ住宅ローンを一括返済したそうです。

確かにその後、住宅ローンの引き落としは確認できません。

借入は、消費者金融２社からの借金です。

５年前に、癌で亡くなった奥さんへ、癌に効く民間療法を次から次に試したそうです。

手持ちの資金は底を突き、生命保険も全部解約、妹さんは兄、椎葉　明に１００万円を用立てたがそれでも足りない。

妹さんは、夫に了解を得ないとこれ以上持ち出せない、と断ったそうです。

止む無く、被害者は消費者金融に頼った。妹さんは大丈夫なのかと聞くと、退職金で返すことが出来るから心配いらない、と答えたそうです。

妹さんへの返済は、借りたのは１００万、今後何かと世話になることが有る、迷惑をかけるだろうから、と増額して２００万円返してくれたそうです。

被害者は、明《おれ》が死んだら、この家と土地を処分して、そのお金の中から両親、亡くなった妻、明《おれ》の供養を頼む、と言っていたそうです。

健保50、妹さんに尋ねると、退職した事で社会保険が失効、任意継続で社会保険に加入、全額を一括納付したそうです。

被害者は、厚生年金で日々の暮らしを営んでいます。

62歳からの年金受給は、かなり不利な条件になると思われるので質問しました。

妹さんの話では、60歳になった4年前の2月に、還暦のお祝いをしたそうです。

その時、62歳に成ったら、会社を辞めて年金生活に入ると話したそうです。

妹さんは、繰り上げ受給すると、減額されるが大丈夫なのか、と問うと被害者は

「心配いらないよ」と答えたそうです。

直方社会保険事務所を訪ね、詳しく聞き取りをしました。

本来なら、1年繰り上げ給付を受けると、7％減額されます。

被害者は3年間、繰り上げ受給するので、21％減額されますね、と質問すると。

通常であればその通りです、しかし椎葉さんの場合「44年（528ヶ月）の特例」に該当します。

44年間、厚生年金に加入すると、不利益なく満額の老齢厚生年金、老齢基礎年金を受け取れます。

以上が直方年金事務所の話でした。

更に、椎葉　明は直ぐに支給される失業手当、を申請していないので、直方ハローワークに出向きました。

直方ハローワークの話では、推測ですが、失業手当は半年前の給与所得（ボーナスは除く）の平均月額6割から7割支給となります。

年金とダブっての支給は出来ませんから、年金額と失業手当を比較して同じくらいなら、月に1～2回就職活動をしなくてはならない、煩わしさが有る失業手当より、年金受給を選ばれたのではないでしょうか。

確かに、退職する半年前の給与の振込額は基本給のみですから、年金支給額と失業手当は変わらないようです。

今の報告では、退職勧告に行き成り出会った訳では無く、以前から退職は予定されていた、と言うことか、退職金2割増しのリストラは「渡りに船」だったのかな。

黒田管理官続けます。

被害者の生活状況です。ご近所の聞き取りでは、毎朝6時から自宅周辺を1時間程散歩、天候不順でない限り毎日です。

朝食は、妹さんの勧めで、ご飯、納豆、妹さんが作った野菜の煮つけ、インスタントの味噌汁、牛乳。

お昼はカップ麺かカップ焼きそばとお握り、お湯は水筒に持参。

夕食は近くのスーパーで6時を過ぎると、2割値引きになるお弁当に、妹さんが作った野菜の煮つけ。

基本、お風呂は自宅では入りません、所田鉱泉は60歳以上120円、回数券を1200円で購入すると11回入れます。

一人暮らしだから、風呂を沸かすより遥《はる》かに経済的だし、掃除の必要も無いからでしょうね。

図書館は、月曜日が休館日。

この日、近くのコインランドリーで、1週間溜まった汚れ物を洗濯、乾燥、帰宅。

炊飯器でご飯を炊き、朝食、昼食1週間（14食）分を、お茶碗に取り分け、ラップして冷凍。

毎月、野菜代として、1万円妹さんに渡していたそうです。

以前、100万円を用立てた折、200万円も返してくれた、野菜代は兄妹だからいらないと言っても、無理やり手渡していたと、涙ながらに妹さんは話してくれました。

最近、夜間に白い軽の箱バンが訪ねて来ていたようだが、知らないかと尋ねました。

私が、兄の所へ野菜の煮つけを持って行くのは、週に2～3回夕方4時過ぎ、立ち寄った時間以外は知らない、との回答です。

以上、妹さん、ご近所、直方社会保険事務所、直方ハローワークで聞き取りを行いました。

殺された、椎葉　明は、奥さんを亡くし、寂しかっただろうが、それでも規則正しく質素な暮らしをしていたようだな。

次は、飯塚署後藤主任、田之上　良夫からの聞き取りの内容を説明しなさい。

説明いたします。宮若市石炭記念館は、月曜日が休館日です。

宮若市役所で住所を聞き自宅を訪ねました。

今回2つの事件の被害者、阿比留　一郎、椎葉　明、諏訪神社での第一発見者、井高志、3名は菅牟田小学校、大之浦中学校で同級生、ずっと一緒のクラスであったことを、田之上　良夫が証言しました。

椎葉　明は、高校卒業以来同級生と、一度も顔合わせは無かったようです。

椎葉　明は、早朝から犬鳴《いぬなき》峠を越え、博多に勤務、帰りは深夜に及び、休日はローテーション、生活様式が違い過ぎた為ではないでしょうか。

田之上　良夫が、井　高志に声を掛けたのは、見学者記入票を見て同級生だと分かったそうです。

中学2年生の終業式直後に転校して以来、49年振りに出会ったそうです。

田之上　良夫から、事件の鍵となる重大な、聞き込みが有りました。

田之上　良夫と阿比留　一郎は、30年来の飲み友達だそうです。

宮若市磯光に天照宮と言う、格式の高い神社が有ります。

この神社の筋向いの小料理屋で、4月10日、月曜日午後8時過ぎから、阿比留　一郎と田之上　良夫、酒を酌み交わしたそうです。

話の中で、阿比留　一郎は「近々まとまった金が入る。これで、一息も、二息もつける」と小声で嬉しそうに話したそうです。

田之上　良夫は内心、阿比留　一郎、奥さんの両親は早くに亡くなっている、遺産が入る事は無い、土地建物はローンが残っていて売却してもペイするだけ、悪いことに手を染めなければよいが、と思ったそうです。

金が確実に入るとなると、強請《ゆすり》、集《たか》りの部類か。

携帯の履歴はどうだ、直方署山口刑事。

はい、管理官、椎葉　明の通話履歴は、4月11日、22時10分、阿比留　一郎からと15日21時35分、同じく阿比留　一郎、この2回だけで、他に3か月間通話した履歴は全くありません。緊急時の連絡用として、携帯電話を持っていただけのようです。

阿比留　一郎の通話履歴は、飯塚署太田刑事が報告します。

太田です。阿比留　一郎の通話履歴は、この3か月仕事仲間、奥さん、今は家を出ている子供、田之上　良夫とそれぞれ複数回通話しています。

1度だけの通話が有りました、4月6日18時33分。

最所県議会議員の事務所です。

奇妙な事に後日、公衆電話から着信が3度有ります。

4月12日水曜日21時20分、13日22時05分、14日22時です。

管理官、飯塚署吉田です。

田之上　良夫から卒業生名簿を見せてもらい、携帯に写真を撮らせてもらいました。

小学校、中学校共に、「最所」と言う名前は有りません。

被害者周辺の聞き込み状況を報告せよ。

直方署田中です。

椎葉　明の自宅周辺では、特に親しくしている住人は居ません。

奥さんが生きていた時は、近所付き合いを行っていたようですが、亡くなってからは、会えば挨拶を交わす程度だったそうです。

図書館、所田鉱泉では、職員に挨拶するだけ、入館時親しく話すような人は、いなかったようです。

飯塚署の松本です。

被害者阿比留　一郎は、コロナ発生を機に金銭的に相当逼迫《ひっぱく》していたようです。

ゼロゼロ融資の返済が、今年の夏から本格的に始まります。

被害者は、返済のめどが立たないと悩んでいたそうです。

夜間検問の結果について説明しなさい。

直方署加藤です。昨夜の検問では、目撃情報は出ません。

飯塚署森です。同じく出ません。

今日の捜査方針を指示します。

直方署鈴木、小林刑事、飯塚署吉田、石井刑事、被害者周辺の、資産家、金回りが良い者を洗い出せ。

殺害現場周辺の聞き込みを、直方署伊藤、山口刑事。飯塚署村上、太田刑事。

残りの刑事は、被害者の自宅から殺害現場までの防犯カメラの確認、目撃情報を収集する。

引き続き、夜の検問を行う。

以上解散。


咲和さん、今日は竹原装飾古墳を見学しましょう。日曜日に、あんなことが有って見学できませんでしたからね。

見学の前に宮若市石炭記念館に寄ります。

良夫、おはよう、所田鉱泉は良いお湯だった、良い所を紹介してもらった。気に入って貰ってよかったよ。

高志、今日は何処を廻《めぐ》る？

この後、竹原装飾古墳を見学する予定。

それなら、責任者の井上に連絡しておく。

有難う。

高志、刑事さんに話した事だけど、一郎が殺される5日前に、良夫《おれ》は一郎と一緒に酒を飲んだ。

その時、良夫《おれ》に「まとまった金が入る」って言っていてね。

何か悪いことに、手を染めなければよいがと思った。

一郎と30年来酒を飲み付き合ってきたけど、明の事が話題に上る事は一度も無かった。

井上に聞いた話だけど、4月11日（火曜日）、閉館間際に明が見学に来ていたみたいだ。

その時、井上に「石室内に入れるか」と聞いた。

井上は、文化庁の許可が無いと、入れないと答えたそうだ。

良夫、役所の職員が、業者と酒飲んで大丈夫なのか？

心配はいらないよ、一郎《いちろう》は工務店を経営しているけど、今まで役所の指名業者登録をしたことが無い。

受注は、以前は鉱害復旧事業、今は民間のリフォーム。

安心したよ、今から竹原装飾古墳見学に出掛ける。

井上さんでしょうか？

はいそうです、井さんですね、先ほど田之上から電話を貰っていました。

先日、諏訪神社で起きた、殺人事件を警察に通報されたそうですね。

はい、竹原装飾古墳を見学する為に訪れたのですが、少し早く着いたので、諏訪神社に参拝して発見しました。

知らない人、と思っていたら田之上　良夫から、被害者は同級生だと知らされ次の日、飯塚警察に呼ばれ事情聴取されました。

井さんは、此処を見学するのは初めてですか？

いいえ随分前の事です、小学４年生の時社会科見学で訪れました。

先生が、何処からか鍵と懐中電灯を借りてきて、３人一組で先生に連れられ、石室内に立ち入りました。

見学が終わり、諏訪神社の拝殿に上がり込んで、お弁当を食べた事を覚えています。

井さん、良い体験をしましたね。今では、石室に立ち入ることは出来ません、私も立ち入った事は無いのです。

咲和さん、今日のランチは何を食べましょうか。

ラーメン、鰻、お寿司、とくれば次は焼肉にしません。

早速出かけましょう、20分で着きましたね。牧場が経営する「焼肉くらじ」持ち帰り用のお肉直売所も併設していますね。

中に入ると、右に４人掛けの部屋が２部屋、左は通路を挟み５人座れる炬燵《こたつ》式の仕切られた空間が４つ、右側は６人座れる仕切りがされた個室４つ、突き当たりは６人座れるテーブル２つ、全部で12区画グリル付き。

高志《わたし》は「くらじ牛焼肉ランチ」、咲和さんは「くらじ牛ハンバーグランチ」。

焼肉ランチはライス、キムチ、わかめスープ、杏仁豆腐、が付いてきた。

お肉は、カルビとロース100g7切れ付いて、たれは2種、塩としょうゆベースのさらりとしたたれ。

塩は、フランスブルターニュ地方産、肉本来の味が分かるそうだ。

食べると、肉は柔らかく肉汁が口の中で広がる、塩でいただくと肉そのものの味だ。

咲和さんは、高志《わたし》に運ばれてきたライスを見て、半分にしてくれるように頼んだがそれでも量は多いようだった。

ハンバーグは、150g、かなり大きい、付け合わせにポテト、ニンジン、青野菜、他に野菜サラダ、わかめスープ、杏仁豆腐、少し咲和さんからハンバーグを頂いた。

たれはしょうゆベースのポン酢の様、柔らかく肉汁が美味しく箸が進む。

牧場の経営する「焼肉くらじ」リーズナブルで満足でした。

スイーツは、鞍手町の満丸饅頭を食べましょう。

15分で目的地です、着きましたよ。

鞍手町から宮若市に通じる幹線道路に「満丸饅頭」の看板、一歩脇道に入るとすぐにお店は有る。

お店には、8種類の満丸饅頭が勢ぞろい。どれにしようか大変迷う、迷った時は売れ筋の定番小豆《あずき》とよもぎ、の2種類にした。

直径6㎝ダルマ落としの様な円筒形を輪切りにした形だ。

皮は表面に◯の中に満が焼印され、粳米《うるち》、餅米、小麦粉をブレンドして出来ている。

冷やしてもレンジにかけても固くならないのが特徴だそうです。

白い皮はモチモチの触感、小豆で作られた餡は粒餡で程よい甘さ。

よもぎは、やや緑色の皮、餡は小豆。

おなかも一杯に成ったので、腹ごなしに日陽《ひなた》山に出掛けましょう。

日陽山は標高170mの低い山、登山道は3カ所あります。

北参道、南参道、西登山口（千石口）。

今回は、北参道から登って、南参道へ降ります。

北参道近くの駐車場に着きましたよ、20台ほどは駐車出来そうな広さです。

石作りの山門を潜《くぐ》ると、28段の石段、此処からは、つづら折りで簡易な階段と山道が続く、参道の幅は1~2m、結構な勾配が有る、ゆっくり上ること15分、高さ4~5m程の鳥居がお出迎え、標高でいえば160m付近の毘沙門天《びしゃもんてん》（普光寺《ふっこうじ》）に到着した。

　本堂前の晴明池は、平安時代の陰陽《おんみょう》師安倍晴明の手によるものと伝えられている、水枯れしない不思議な池。

池の大きさは直径5m程、池の中には錦鯉が泳いでいた。

本堂の前、晴明池の辺《ほとり》に大人2人が手を回すほどの大きな幹回りが有る銀杏《いちょう》の木、倒木防止の為に高さは7~8mを残し伐採されている様だ。

咲和さん、高志《わたし》は銀杏の木の下で、不思議な光景を目にしました。

どんな光景ですか?

中学生の時、秋の終わりに朝早く此処へ、1人で登ってきました。

境内には誰もいません、銀杏の木は今の倍ほどの高さが有り、突然銀杏の木から黄色い滝の様に銀杏の葉が落葉したのです。

時間にすると、1分位ですが、葉の5分の1程がいきなり、落っこちて来た光景を目《ま》の当たりにしました。

あれから50年近く経ちますが、一度に沢山落葉する姿を目にしたことは有りません。

咲和《わたし》、銀杏の葉は、ひらひらと少しずつ、落葉すると思っていました、不思議な事も有るのですね。

本堂の横から、奥の院、頂上に続く道が有ります。

50m程昇ると右手に小さな奥の院、一段高い所に石鎚《いしづち》神社の鳥居が有り、その奥に石鎚神社の祠《ほこら》が祭ってある。

祠の奥が頂上、高さ1・5mの展望台が設置して有った。

展望台に上がると、遠くの景色が望め非日常が味わえる。

帰りは南参道を下る。

南参道は高志《わたし》がここに住んでいた当時、北参道と同じくらいの幅しかなかった。今では3～5ｍの幅が確保され、車が上り下り出来るように拡幅工事が成されていた。

鳥居から100ｍ程下ったところに、西登山道（千石口）と南参道が合流していたが、今は使用されていないらしく、杉と灌木で遮られ分からない。

ゆっくり20分歩くと駐車場に戻って来た、所要時間1時間程でした。

4月19日水曜日
起立、礼、着席。
只今から、捜査会議を始めます。
黒田管理官、進めてください。
今日は、皆さんからの報告を聞く前に、私から皆さんに伝える事が有ります。
昨日、県警本部に戻り、最所県議に関する捜査二課が掴んでいる情報を求めました。
1、初当選から12年間、収賄《しゅうわい》、利権に群《むら》がる等の情報は掴んでいない。
政治信条は、グレーやブラックと噂される団体、個人からの献金は拒否。

利権に関わる様な所には、首を突っ込まない。

2、一番厄介な事を伝える。
4月7日（金曜日）最所県議から、5月に行われる春の交通安全運動を推進するに当たり、筑豊管内の、最新のNシステム設置場所、夜間パトロール巡回経路、警察が掴んでいる防犯カメラの設置場所を知りたい旨、申し出が有った。

皆、知っている通り、最所県議は長きに亘り警察委員会に所属され、多大なるご協力を頂いている。

県警本部は、断る理由もないので、飯塚署管内、直方署管内、田川署管内、申し出のあった項目を4月12日（水曜日）午前中に本人に直接手渡した。

私の手元にあるこの資料が、最所県議に渡したコピーです。

最所県議が絡んでいる場合、慎重に行動しないと、直接我々に圧力は掛けてこないが、何時の間にか県警本部長の首が挿げ替えられる事態は、避けなければならない。
3、最所県議は、婿養子だ。
旧姓、岩元　隼人。

黒田管理官！　菅牟田小学校、大之浦中学校の卒業者名簿に、岩元　隼人の記載が有ります！

やはり、繋《つな》がったか。

椎葉　明の周辺で、資産家或いは金回りの良い人物は居たか、直方署鈴木刑事。

管理官、現時点では確認出来ません。

阿比留　一郎周辺は居たか？　飯塚署吉田刑事。

全く居ません。

現場周辺の聞き込みについて報告しなさい、直方署伊藤刑事。

目撃情報は有りません。

飯塚署村上刑事はどうですか。

昨夜の夜間検問で、有力な目撃情報が有りました。

4月15日午後9時35分頃、中谷橋《ちゅうや》右岸に軽の白い箱バンが下流に向けて駐車、その横に上流に向け、バイクが止まっていた。

目撃者は、長距離トラックドライバー、15日午後9時30分に家を出たことは間違いない、中谷橋まで5分程だそうです。

土曜日（15日）夜から関西方面まで荷を運び、帰りに荷を受けて北九州で降ろして月曜日（17日）休み、火曜日（18日）の夜出勤する時に、検問で話が聞けました。

犯人が乗ってきた、バイクの疑いが有ります。

上流に向けていたと言うことは、素早く逃走する、ナンバープレートを目撃されない為、と推察されます。

防犯カメラは、バイクに絞って、再度閲覧調査するように。

黒田管理官、最所県議に、職務質問《しょくむしつもん》を行いたいのですが。

一度限りの職務質問《しょくしつ》だ、二度目は無い。

5月の臨時県議会で、議長に推挙されることは確実、議長に就任すれば、確たる証拠が出ない限り、公務多忙で職務質問《しょくしつ》は叶わなくなる。

最所　隼人を、重要参考人として、捜査を進める。

直方署林主任、飯塚署後藤主任、心して職務質問《しょくしつ》を行え。

今日の作業分担は、直方署林主任、最所議員へ職務質問《しょくしつ》の約束《アポ》を取れ、鈴木、小林刑事は最所議員、椎葉　明、阿比留　一郎の接点を探れ。他の刑事は、引き続き、防犯カメラ再確認、現場周辺の聞き込み、夜の検問も引き続き行う。

飯塚署吉田、石井刑事、最所議員を洗え、事細かにどんな些細な事でも拾え。

他の刑事は、現場周辺の聞き込み、防犯カメラに捉えられたバイクを主として再確認。

引き続き、夜の検問を行う。

以上だ。


ここは、嘉麻市大隈と言う所です。

豊臣秀吉が、九州平定に来た時、島津家の家臣、秋月氏を屈服させるため、一夜で益富城を築いたそうです。

遠くから見るとお城に見えますが、実はふすまや障子でこさえたプレハブ作りのお城だったそうです。

毎年秋に、アルミパネルを組み合わせた一夜城が出現、ライトアップするそうです。

後藤又兵衛と言う名前に聞き覚えは有りませんか？

戦国時代の武将です、黒田長政から此処益富城（大隈城）を与えられ、この地を治めていましたが、黒田長政と仲違《なかたが》いをして豊臣方に味方し、大坂夏の陣で討ち死にしました。

その後《あと》の城主は、黒田節で有名な母里《ぼり》太兵衛ですよ。

「城主饅頭」を買い求め、食べましょう。

その前に、お酒を買います、此処には三つの酒蔵が有ります。全部買って飲み比べ、今夜から帰る日までちびりちびり良いですね。

高志《あなた》、お酒を飲むことばかりで、他に考える事は無いのですか、あきれますー。

大隈菓子店、此処に城主饅頭が有るそうです。

大きさは、底６㎝、頭《かしら》５・５㎝、高さ２・５㎝のお饅頭型。

皮はしっとりしてスポンジケーキの香り、カステラ系、餡は白てぼう豆を使った漉《こ》し餡、甘味は少し強め、しっかり甘さを主張した美味しいお饅頭ですね。

飯塚市内に戻り、ランチは中華を食べましょう。

ここが「かやの森飯店」お店に入るとすぐ右にカウンター席が3席、左に6～7人が座れる板張りの席、右手カウンター席の奥左側に6人掛けの椅子席が2席ある、左右の間は0・9mの通路で仕切られている。

咲和さん、注文は何にしましょうか。

咲和《わたし》は、エビチリ定食にします、高志《あなた》は何を注文なさるの。

高志《わたし》は、焼チャンポン+半チャーハンのまんぷくランチセットを頼みます。

来ましたよ、チャーハンの量は半端なく多い、駅で聞いた通り間違いなく持ち帰りになりそうだね。

焼チャンポンは蒲鉾、豚肉、玉葱、キャベツ、人参、モヤシにコーンがチャンポン麺と炒《いた》めて出てきた。

とろみが付いて各野菜の味がしっかりとしてチャンポン麺にからめて美味、卵とわかめの入ったすまし汁付き。

エビチリは、大きなエビとピーマン、玉葱が入っている。

口の中に入れると、エビはぷりぷりした触感、少しだけピリッとした味付け。

小鉢はシューマイ、大根と野菜の煮付。

汁物はまんぷく定食と同じ。

チャーハンは、胡椒が効いて少しだけ油分が感じられ、滑らかにとても美味しい。

シェアして食べたが、チャーハンと焼チャンポンは持ち帰り夜の食事に成りました。

4月20日（木曜日）

起立、礼、着席。

只今から、捜査会議を行います。

直方署林主任、最所県議への約束《アポ》は取れたか。

はい管理官。

今日、午前10時30分から11時30分の間に、事情聴取に応じると回答されました。

直方署鈴木刑事、3人の接点は見つかったのか。

鈴木です、全く見つかりません。

椎葉　明が勤務していたホテルでは、国会議員、県会議員への陳情等は、ホテル組合が行います、直接最所県議に被害者が会う事は無いそうです。

阿比留　一郎は、鉱害復旧事業を受注するときは、入札参加業者が話し合い、順番に落札していたようです。

従って、政治家が入ってくるような事は無かった様です。

鉱害復旧事業終了後は、個人から仕事を受けています、政治家にお願いする事は無いそうです。

直方署伊藤刑事、防犯カメラの状況は。

伊藤です、防犯カメラを追跡しましたが、それらしいバイクは確認されません。

現場付近の聞き込みは。

田中です、現場周辺の聞き込み、夜の検問、収穫は有りません。

飯塚署吉田刑事、最所議員について分かった事は無いか。

吉田です、今のところ、きな臭いような事は有りません。引き続き洗います。

飯塚署村上刑事、現場周辺の聞き込み、夜間の検問について報告。

村上です、新たな事実は確認できません。

松本です、防犯カメラには、不審なバイクの姿は有りません。

林主任、後藤主任は、最所県議会議員へ事情聴取。

他の刑事は、昨日と同じ配置で取り組むように、以上だ。


直方警察署林です、飯塚警察署後藤です。

最所県議会議員お忙しい中、事情聴取に快く応じて頂き、ありがとうございます。

水臭い、私は長く警察委員会に所属しています、警察に協力するのは当たり前です。

早速ですが、嘉穂郡桂川町王塚装飾古墳館先に、穂波川、豆田川が合流した地点から、100mほど下流に中谷橋《ちゅうや》が架かっています。

この橋の下で、阿比留　一郎さんの刺殺死体が発見されました。

死亡推定時刻は4月15日午後9時半前後ではないかと思われています。

阿比留　一郎さんの携帯電話の履歴を調べましたら、4月6日（木曜日）、午後6時半頃、最所先生の事務所に電話を掛けたことが判明しました。

どの様な、用件だったのでしょうか。

県議会議員選挙の当選祝いでした。

同級生が県議会議長に就任する、鼻が高いと言っていました、まだ決まった訳じゃないよ、と言っておきました。

その1回だけだったと思います。

おーい、阿比留　一郎と言う人から電話は無かったか。

先生、取り次いだのは1回です、先生が不在の時は、分かる様に相手様のお名前、連絡先をメモして机の上に置いています。

後援会名簿に、阿比留　一郎さん、椎葉　明さんのお名前は有りませんか。

少しお待ちください、データベースを調べます。

先生が、最初に立候補された時から、調べましたが、該当するお名前は有りません。

事情聴取した方々、全員にお聞きしていますが、4月15日午後9時半前後、午前0時頃何処にいらしていましたか。

午前0時？

椎葉　明さんが刺殺された時刻です。阿比留　一郎さんは、殺害される直前に椎葉明さんへ電話をしていました、連続殺人ではないかと捜査をしています。

午後9時半、丁度パンク修理をしていたころだな。

飯塚市議会選挙公示日前日、仲の良い市議会議員の、選挙事務所開きを手伝っていました。

先生の選挙区とは、関係が無いですね。

政治信条や、考え方が同じで仲が良くてね、お手伝いは今回で3回目だよ。

選挙事務所を9時頃失礼し、車を走らせると、左にハンドルを取られるので降りて見ると、助手席側の後輪がパンク状態じゃないですか。

直ぐ近くに、街灯のついた空き地が見えたので、そこまで移動してパンク修理に取り掛かった。

JAFを呼ぼうかと思ったが、何年か前にパンクしてJAFに連絡した所、1時間以上待たされて、結局1時間半ほど掛かってね。

この件で詳しく知りたいのであれば、秘書に聞いてくれたまえ。

乗っていたのは軽トラックだから、自分で簡単に出来ると判断して取り掛かった。しかし、修理道具の場所や、スペアタイヤの取り外しに時間を要して、1時間ほどかかってしまった。

事務所のすぐ横に、車庫が有るから見に行こうか。

これが、パンクした軽トラックだ。

荷台は背の高い幌《ほろ》で覆われていますね、外から見ると中に何が積まれているか、分かりませんね。

刑事さん、中が透けて見えるような、幌が有りますか？

農作業で主に使用しているが、耕運機や、草刈り機、お米を運ぶので雨除けの為だよ。

此処に置いてある耕運機は、意外と小さいのですね。

君は、家庭菜園をしたことが無いだろう。

はいその通りです。

水田と違って、畑は小さな畝《うね》を沢山作って多品種、多品目の野菜を植えるから、大きなトラクターは必要ない。

この先に、七畝《せ》（210坪）ばかりの畑が有る、水田は一町歩《ちょうぶ》（3000坪）あるが委託して作ってもらっている。

採れたお米は、福祉施設の入所者皆さんに、提供して食べてもらっています。

野菜は、主に家庭用でね、夏野菜ならキュウリ、ナス、トマト、ピーマン、オクラ等、6月にさつま芋、これは近くの幼稚園児が自分たちで植えて、秋に収穫するのを楽しみにしていてね。

先生はどうして、飯塚まで軽トラックで行かれたのですか。

車は秘書に貸していたから。

この1年、秘書は選挙対策に追われて、ほとんど休みを返上してもらっていてね。

お礼を込め、土曜日（4月15日）から2泊3日の旅をプレゼントした、勿論たっぷりのお小遣いも添えて。

秘書と奥さんの乗る自家用車は、軽自動車だから2人の子供さんが乗ると、ちいっと狭いから私の車を使ってもらった。

先生、秘書を雇うのは大変でしょう。

いやな質問だ。

私には、県議会議員の他に、福祉施設の理事長の肩書が有ってね。

福祉施設から、理事長秘書として基本給だけ支払ってもらっている。

時間外、休日出勤、ボーナスの補填は、事務所が支払っている。

勿論、秘書は確定申告をしていますよ。

ちなみに、秘書の奥さんも私の福祉施設で働いてもらっています。

車庫に、バイクが有りますね。

電動バイクだよ、脱炭素の世の中だから、アピールするため、自家用車とバイクは電動。

バイクはどれくらいの距離、走行できますか。

さー、測《はか》った事が無いから分からないな、夜だとヘッドライトを点灯するからその分落ちるだろう。

カタログでは40㎞弱、60％が良いところじゃないかな、予備のバッテリーを装着しているから、2個でカタログの距離位かもしれないね。

パンクで取り換えた、助手席側の後輪タイヤは新品ですね。

今まで、一度も取り換えたことが無いからね。

事務所に帰ってきたのは、午後10時半くらいかな、事務所でシャワーを浴びて寝たのが午後11時頃。

家内は、朝6時過ぎに出勤するから、夜寝るのが早い。

私が遅く帰宅して、家内の睡眠を邪魔すると困るので、事務所にシャワー設備と簡易ベッドを設置している。

他に聞きたい事は無いかな、聞きたいことが有れば何時でも協力する。

田川伊田駅で情報収集、改札口手前のベンチに若い女性が2人、大学生かな?

すみません、この周辺《あた》りでランチの美味しいお店教えて貰えませんか。

そうですね、料亭でしたら、銅《あか》がね御殿で有名な「田川」がお奨めですが、数日前に予約しないと入れませんね。

少し離れたところに、韓国料理のお店があります。

あのー、ソウルフードは有りませんか、と咲和が聞いた。

だったら、すぐ目の前に、「駅前食堂」が有りますよ。

ちゃんぽんが有名で、新聞やテレビ等マスコミの取材が、沢山来ていますよ。

スイーツは何かありますか? 高志《わたし》は尋ねた。

田川と言ったら、黒ダイヤと白ダイヤね。

黒は石炭、白は石灰岩をモチーフにしています。

どの様なお菓子ですか?

羊羹です、お店が見えているでしょう、駅の左、伊田商店街の入り口に有ります。

田川市内ではありませんが、大橋饅頭もお奨めです。

観光名所も教えて貰えますか。

まず英彦山《ひこさん》、日本三大修験山の一つです。

標高１１９９ｍ、筑豊地方で一番高い山ですよ。

石灰岩を採掘している、香春岳（一ノ岳）も見ものです。

プリンの様に頂上が平らだからすぐにわかります。隣に、二ノ岳、三ノ岳と三つの峰で構成されています、野生の猿も数多く生息していますよ。

どうしてプリンの様な形の山になるのですか？　咲和さんが聞き返した。

山の中央付近に、大きな穴が垂直に、山の麓付近まで掘られているそうです。

山の頂上から、石灰岩を採掘して穴の中へ放り込み、山裾に掘られた連絡トンネルからコンベアーで工場に運ばれセメントに加工されるそうです。

その採掘方法で、山の頂上は平らになり、その姿は刻々と変化します。

田川市石炭歴史博物館、世界記憶遺産として登録された、山本作兵衛さんの「炭坑記録画」が５８５点、日記や原稿等を合わせると、６００点以上が展示されています。

どうも有り難うございました、お礼を述べて周辺を散策した。

田川伊田駅の2階のホテルが目に付いた、聞いてみると寝台列車をモチーフにしたホテルの様だ。

平成筑豊鉄道のホームが部屋のすぐ前だ。

駅を出ると、駅舎の左側に、線路を潜《くぐ》る長さ60ｍ程の作兵衛トンネルが出現。

入り口に立つと、出口に立体的に飛び出した蒸気機関車の写真が見える。

ポスターには、「たがわトリックアール」こんな不思議な写真が撮れます！　と書いてある、他にまだ4か所有る様だ。

駅を背にして左斜め方向に、１００ｍ行くと、荘厳な風治八幡宮が目に入った。

風治八幡宮の川渡り神幸祭は5月の第3土曜日と翌日曜日に開催される。

2基の神輿と色鮮やかな「バレン」を纏《まと》った11台の山笠が彦山川に入り「ガブリ」の共演は迫力満点。

高志《あなた》、今日宿泊するホテルは決まっていますか？　もしまだなら、田川伊田駅2階のホテルに泊まりませんか。

昔、利用した事のある、寝台夜行列車を思い出しました。

そうだね、今日は田川市内のビジネスホテルに泊まる予定でしたが、空き部屋は有ると聞いていたのでまだ予約していない、駅舎ホテルのフロントで聞いてみよう。

1部屋だけ空いていました、2段ベッド×2台の部屋、「客室1」だそうですよ。

このホテルは、シャワー設備のみですから立ち寄り温泉に入ります。

それでは、英彦山に行きましょう。

これが銅《かね》の鳥居ですか、大きいですね。

説明書では、佐賀鍋島藩主から寄進されたもので、高さ7ｍ、柱周りは3ｍ有るそうですよ。

奉幣殿まで階段で行くのは大変だから、スロープカーに乗りましょう。

スロープカーは、窓を大きく取っているから、ロケーション抜群ですね。

高志《あなた》、花駅の周りに綺麗なシャクナゲが沢山咲いているのが見えます。

参道沿いに花弁が白く、黄色い花糸（雄蕊《おしべ》）の可愛い花が咲いています、何て花かしら。

聞いてみましょう、すみませんあの花は何ですか？

初老のご婦人が答えてくれた、あれは「ミツマタ」と言いますよ。

和紙の原料で、お札にも使われているそうです。

和紙の原料で有名な「コウゾ、ミツマタ」の「ミツマタ」ですか？

はいそうです、何でも戦国時代に日本に入って来たそうですよ。

良く見て下さい、枝が三又《みつまた》に分かれているでしょう、だから「ミツマタ」と呼ばれています、白くて可憐な花ですね。

ありがとうございました、お礼を言って振り返ると下からの階段が見えた。

咲和さん、スロープカーで正解でしたね、この傾斜と階段の数では、とても難儀した事でしょう。

お腹がすきましたね、田川伊田駅に戻りソウルフードを食べに行きましょうか。

ここが「駅前食堂」ですね。

中に入ると、壁に沿って中央を取り囲むように椅子席が右に4席、入り口左6席、更に直角に曲がって4席、テーブル席は4人掛け、中央に3台、奥に2台少し変わった間取りの食堂だ。

女性の店主に声を掛けた。すみません、お店のお奨めは何でしょうか。

メニューに書いてある物、総《すべ》てがお奨めです、どれも美味しいですよ。

仰る通りですね、チャンポン2つお願いします。

早速、チャンポンが来ました、スープは鶏ガラがメイン、キャベツ、モヤシ、ネギ、椎茸、豚肉、紅白の蒲鉾、麺は細麺。

食べ始めましたが、チャンポン麺に中々到達しません、野菜がとても多く麺が伸びるのではないかと心配するほどです。

優しい味のチャンポン、ソウルフードの意味が分かりました、又食べたくなるお袋の味です。

女性オーナー曰《いわ》く、此処のチャンポン一杯で、一日に必要な野菜が取れます。

スイーツは、嘉麻市に有る大橋饅頭にします。

大橋饅頭のお店に着きましたよ、平屋で大きな作りの和風建物ですね。

お店のキャッチコピー「100年変わらない伝統のカステラ饅頭」を頂きましょう。

大きさは底6㎝、頭3㎝、高さ3㎝プリンの形に似ているかな（ボタ山のイメージ）。

香りは、丸ぼーろの香り、皮の触感はふわふわしっとりしている。

優しい甘さの白餡は漉し餡、卵の黄身を混ぜてあるそうだ。

筑豊地区のスイーツは、何処も美味しく飽きのこない味ですね。

さてお次は、お風呂に入りましょう、福智町天然温泉「日王《ひのう》の湯」に向かいます。

おしゃれな建物ですね、エントランスは八角形、フロント、特産品展示販売コーナー、履物のロッカー、トイレ、事務所。

フロントで入湯手続き、廊下を伝って本体の建物へ入る。

右に、家族風呂が４部屋、左手前に男性用お風呂、奥が女性用のお風呂になっている。

暖簾を潜《くぐ》ると、脱衣場と洗面所、休憩室、トイレ。

お風呂場に入れば、大浴場にジェットバス、高温サウナ、低温サウナ、水風呂、洗い場は20席。

大浴場から引き戸のガラス戸を通ると、屋根つきの露天風呂と陶器製の径１m、深さ０・６m程の円形のツボが３樽、この日は、ヨモギ、生姜、スギナのお風呂が楽しめた。

高志《あなた》、清潔で広々したお風呂ですね、無色透明さらりとしたお湯、入浴料金はお安い。

1時間以上ゆっくりしたので、そろそろ田川伊田駅のホテルに出掛けましょうか、ナビによると車で18分だそうです。

チェックインの際、1階にあるパン屋さんで焼かれた5種類のパンが置いてある。この中から、2つのパンを選び食べて下さいと案内が有った。

明日朝、直ぐ近くのコンビニで足りない食材を買い求めよう。

このホテルでは共有スペース内の簡易キッチンでコーヒーやお茶は、電気ポットで沸かして自由に飲め、更に持ち込みの食材を調理して食べる事が出来る。

1号室は2段ベッドが2つ、4人が宿泊出来る、他の部屋は、2段ベッド＋シングルベッドが4部屋、セミダブルのベッド2部屋、合計11室となっている。

部屋に入ると窓越しに、平成筑豊鉄道の列車が停車していた。

カーテンを閉めると、音で列車の入線、出線が良くわかる。

入線は、レールの甲高い軋み音がすると、間もなくホームに列車が停車する、出線はブレーキのエアーを抜く「プシュー」と言う音がすると、気動車（ディーゼル）がホームを離れて行く。

何とも言えない、非日常を味わう事が出来るホテルだ。

4月21日（金曜日）

只今から、捜査会議を始める。

直方署林主任、飯塚署後藤主任、最所県議に対する、事情聴取の内容を説明しなさい。

はい、管理官、飯塚署後藤です。

林主任が事情聴取している時、最所県議の挙動を観察していました。

「絶対に犯行は暴かれない」自信満々な態度です、状況から判断すれば「犯人《ほし》」ですね。

県議の持っているカードは全てさらけ出し、警察のお手並み拝見、と言っている様でした。

事件当夜、9時から10時の間、10時30分から翌朝までアリバイは有りません。

今回の犯行を推理しました。

4月15日（土曜日）最所議員は車庫内で助手席後輪をスペアタイヤと交換、取り外したタイヤにネジ状の釘を打ち込みパンク状態に見せかけた。

修理工場で、タイヤに刺さった釘を見せてもらいました。

工場の主人によると、スクリュー状になった釘だと、空気が中々抜けにくいそうです。

恐らく、直ぐに空気が抜ければ、選挙事務所から走れないのではないか、と勘繰られる事を避けたかったのではないでしょうか。

幌の中に所有する電動バイクを積み込み、選挙事務所に行き、午後9時頃出ます。あらかじめ、午後9時に帰ると選挙事務所に居た人達に伝えていたので、午後9時が近づくと、皆が知らせてくれた。

この件は、選挙事務所に居た複数の関係者から確認を取りました。

空き地には、午後9時5分頃に到着、あたりを窺《うかが》い電動バイクを引き出す、この間1〜2分でしょう。

午後9時30分頃に中谷橋到着、阿比留　一郎に会い、要求された金を渡し椎葉　明に電話させ、通話が終わったのを確認して犯行に及んだ。

直方署林です。

最所議員は、午後10時30分頃事務所に帰り、車庫内で電動バイクのバッテリーを充電、午後11時30分前後、諏訪神社を目指し電動バイクで出発、午前0時頃到着その後犯行に及び立ち去った。

最所議員の事情聴取が終わり、急ぎ飯塚署に帰って、どういう経路で行けば、Nシステム、パトカーとの遭遇、防犯カメラを回避し、電動バイクで犯行現場を往復できるのか調べました。

宮若市内から、諏訪神社まで、最短６km強、12分程度で行けますが、このコースだとNシステム、防犯カメラは回避出来ません。

通常の倍の時間をかけて、諏訪神社まで辿り着くための３つのルートが判明しました。

飯塚署、後藤です。

飯塚駅近くから、中谷橋まで最短で約６km、15分程ですが、探知されず行くには４ルート有ります。

相当迂回するルートも有りますが、25分も走れば目的地まで達する事が出来そうです。

以上、報告を終わります。

昨日の聞き込み、防犯カメラの確認、夜の検問で、何か収穫は無いか、又被害者２名と最所議員のつながりは確認出来ないか。

昨日、それぞれ取り組みましたが、新しい情報は得られていません。

最所議員の事情聴取で、捜査が絞り込まれた。
1、当日の、防犯カメラから、阿比留　一郎が中谷橋に到着したのは、午後９時25分頃と推定される事。
椎葉　明は午後11時50分過ぎに諏訪神社付近の駐車場に到着したと思われる。

以上の事から、最所議員の、4月15日（土曜日）午後9時から10時の間、午後11時30分から午前0時30分の間のアリバイを崩す。

相手は、ステルスであろうと、実態は必ず有る！
2、動機を探り当てる。
最所　隼人、旧姓岩元　隼人、阿比留　一郎、椎葉　明、3人の接点を見つける。

各署員の刑事は、2人1組で事件現場へのルートを聞き込み、直方署田中、加藤刑事、飯塚署松本、森刑事は、4月15日21時から22時30分、最所議員の足取りを捕捉。

夜の検問は、引き続きバイクの目撃情報を探れ。

各ルートで昼間目撃情報が出なければ、今日から夜間の検問箇所を増やして対応する。

以上だ、取り掛かれ！

高志《あなた》、筑豊地方に、良い焼き物は無いのですか？

有りますよ、有りますとも。超有名で、歴史ある窯が。

咲和さん、小堀遠州って聞いたことは有りませんか。

ええ知っています、千利休が「侘《わ》び」を重んじましたが、更に江戸期に入り進化させた茶人じゃなかったかな。

よく御存じですね。
遠州七窯《なな》と言われる窯が有り、小堀遠州が窯に指示して自分好みに作らせた茶器です。
七窯の内、二窯が筑豊に有るのですよ。
咲和《わたし》、知りませんでした。
東京に居る時、筑豊の成り立ちを話しました、覚えておいでか。
筑前と豊前を合わせて、筑豊でしたね。
筑前には、鷹取山の麓に窯を作った高取焼、豊前には上野《あがの》焼、その二窯です。
今日は、上野《あがの》焼を見に行きましょう。
高志《あなた》、かなり登ってきましたね、何処の窯元さんにしましょうか。
左に、窯元の看板が見えますね、此処を見学させてもらいましょうか。
こんにちは、中を拝見してよろしいでしょうか。
どうぞご自由に見てください。
金曜日だからか、お客さんの姿は見かけない。
高志《あなた》、上野焼の特徴は何、陶器にしては薄く上品な焼き物ですね。
そうだね、元々茶器を焼いていた藩の御用窯だからじゃないかな。
高志《わたし》が知っている上野焼は、高台の底に左「の」の字の刻印が有る事と焼き物の色は、緑青《ろくしょう》が代表的な色使い位だね。

此処に置いて有る焼き物の色は、白、肌色、茶色、薄い青紫と色々有りますね。

すみません、全体が緑青と上の方から流れている緑青の焼き物が有りますが、呼び名は有るのでしょうか？

全体が緑青で覆われている物を、総緑青、緑青が流れている物を、緑青流しと呼んでいます。

上野焼の窯元さんは、何窯程有りますか？

14〜15窯位でしょうかね。

高志《あなた》、咲和《わたし》は、薄い青紫のお茶碗にします。

高志《わたし》は、緑青流しの大きめのお猪口《ちょこ》にします。

旅の良い想い出になりましたね。

ご主人、小堀遠州は窯元に直接、茶器を注文出来たのでしょうか。

それは無理でしょうね、藩の御用窯ですから、伝手《つて》を使い当時の細川藩を通して、手に入れていたのではないでしょうか。

すると高取焼だと、黒田藩ですね。

咲和さん、今日のランチは、宮若市の「にこにこ亭」にしましょう。

お店に入ると、右端に、４人掛けのテーブルが3台、左に2人掛けのテーブルが2

台、その奥に同じ様に1セット、一番奥は、座敷になっていて4人掛けのテーブルが2台。

カウンターは4席が透明な仕切り板で個室の様になっている。

咲和さん、何を注文しますか。

咲和《わたし》は、福岡と言えば、「ごぼう天うどん」とおいなりさん1個。

高志も同じものを食べます。

壁に貼ってある説明書きに、麺を茹でず、出し汁で「煮込む」と書いていますね。

「ごぼう天うどん」が来ました、ごぼう天は短冊切り、長さ5～6㎝、幅7㎜程が、6～7本、柔らかく食べやすい。

うどんは、直径5～6㎜の細麺、食感は「うろん」そのものの軟麺《やわめん》、頬張ると出し汁の滲みが口いっぱいに広がり美味しい。

いなり寿司は三角形、一辺9㎝高さ4㎝少し大きめで、うどんに合うよう甘めにしている。

お店を出て直ぐに携帯が鳴った。

もしもし、井ですが、あー井上さんどうかしました。

えっ、思い出した事が有る、分かりました。20分程でそちらに到着すると思います。

咲和さん、竹原装飾古墳の責任者井上さんから、明のことで思い出した事が有るそうだから、直ぐに向かいます。

事件を解決する様な事だといいですね。

井上さん、思い出した事とは、何でしょうか。

井さん、私は被害者を覗き窓まで案内して入り口付近で待機していました。

石室内を見ながら、呟《つぶや》くように独り言を言っていました。

小声でしたから、確かとは言えませんが、「50年、いや49年振りか」と聞こえたように思います。

井さん、警察に話した方が良いでしょうか？　自信が無いのです。

判断するのは警察です、伝えるべきだと思います。

井上さん、昭和49年頃、此処の管理は何方《どなた》がされていましたか。

直ぐ近くの、母里《ぼり》さんと言う人です。

もう亡くなっていますが、息子さんがいらっしゃいます。

今でも、私が留守にするときは、臨時に管理をお願いしています。

確かめたいことが有りますから、尋ねてみます。

こんにちは、母里《ぼり》さんのお宅でしょうか、井上さんの紹介で参りました、井と申します。

井上君から電話を貰っていました。

ご用件は？

昭和49年頃の管理はどの様にされていたのでしょうか。

昭和52年に覗き窓が出来たのですが、出来る前は、私の親父が若宮町役場から、管理委託を受けていました。

見学者が来られたら、幾つかの注意事項を口頭で説明します。

壁画に手を触れない、立ち入る人数は3人まで、立ち入る時間は5分、一旦石室から出て5分経って再入場する、鍵、懐中電灯、軍手を貸し出して見学してもらっていました。

一緒に行かないのですか？

滅多に行きませんね、小学生は先生が引率して来ます、歴史倶楽部の学生さんは、手は掛からないし悪戯《いたずら》なんか全くしない時代です。

それにお墓ですから、一般の人は縁起でもないと忌み嫌って来ません。

ありがとうございました、大変参考になりました。

咲和さん一寸電話してきます、車で待っていてください。

咲和さん明日早朝、緊急にお仕事が入りました、チェックアウトまでに戻れますから、部屋でゆっくり寛《くつろ》いで待っていて貰えますか。

九州まで仕事が追っかけて来るとは、高志《あなた》も大変ですね、どうぞ行ってらっしゃい。

4月22日（土曜日）

　捜査会議を始める。

　4月15日（土曜日）、21時から22時30分の間、最所県議は何処にいた、加藤、森刑事。

　森です、選挙事務所を21時頃出て、パンク修理をしていた場所付近の聞き込みを行いました。

　1件の情報が得られました、午後9時半頃雨戸を閉める為ガラス戸を開けると、見慣れない幌のついた小型のトラックが街灯の下に停まっていた、人影は見なかったそうです。

　飯塚駅付近の防犯カメラに22時04分、旧長崎街道（現昭和通り）を北東方面に進行する幌付きの軽トラックが確認されました。

　加藤です、幌付きの軽トラックは、小竹町にあるコンビニの防犯カメラに22時20分捕捉されていました。

　22時31分宮若市自宅付近の防犯カメラの映像に幌付きの軽トラックが映っていました、自宅まで1～2分の場所です。

　しっかり、帰宅経路、通過時間を知らしめているようだな。

聞き込み、夜間の検問はどうだ。

最所県議と、被害者の接点は未だ確認捕れません。

通る可能性のルートは、虱《しらみ》潰しに聞き込みましたが収穫は有りません。夜間検問箇所も増やしましたが、まだ引っ掛かりません。

直方署林です。昨日午後3時過ぎに、竹原装飾古墳管理者、井上さんから電話が有りました。

被害者、椎葉　明さんが見学に訪れた時、独り言を呟いていたことを思い出した、井さんに話したら、警察に話した方が良いと言われて電話したそうです。

被害者は「50年、いや49年振りか」小声だったので断言出来ないそうです。

井上さんの聞き違いなのか、他に意味が有るのか分かりません。

井　高志の供述では小学4年生の時に訪れたと言っていたな、当然被害者も一緒のはず。

はい黒田管理官。

そうなると53年振りと言うはず、4年ずれているな、計算間違いか。

井　高志は、49年振りに事故で亡くなった同級生の、亡くなった場所に花を手向けに帰省した、とも言っていた。

調べてみるか、林主任、宮田警察署は今、宮若警部交番に建て替わっている。

昭和49年に宮田警察署に在籍していた刑事を探し出して、事情を聞く事。

直方警察署に資料が残っていなければ、本部を当たれ。

他の刑事は、昨日と同じ、ルート沿いに聞き込み、夜間検問、必ず目撃情報は有る、粘ってくれ、以上だ。


咲和さん、お待たせしました。チェックアウトして出かけましょうか。

お仕事は、上手く行きましたか。

はい、上手く行きました、考えている以上に上出来でしたよ。

4月22日（土曜日）午後2時過ぎ
もしもし、最所県会議員の事務所でしょうか？
はいそうです、事務担当の野口です。
私は、井　高志、井戸の井と申します。
最所議員とは、中学校の同級生です。
最所県議はいらっしゃいますか？　居ましたら取り次いで貰えないでしょうか。
はい、少々お待ちください。
代わりました、最所ですが。

暫《しばら》くぶり隼人、井　高志覚えているか？

あー高志か！　懐かしいなー、何年振りかね。

中学2年の終業式以来だから、49年振りの里帰りだね。

高志、いつ帰ってきた。

14日（金曜日）夜に、フェリーで新門司港に着いてその日は、新門司港のビジネスホテルに泊まった。

翌日、朝一番で誠《まこと》の亡くなった場所に、花を供えてきた。

そうだったな、高志が転校する少し前に、誠は事故で死んでしまった。

東京に帰る前に、隼人会えないかな、急で悪いけど明日の日曜日都合つかないか。

明日の予定を確認するから、ちょっと待って。

お待たせ、明日は2時半から5時まで空いている、3時から4時半までなら会えるよ。

ありがとう、場所は何処にする？　出来れば静かなところが良いな。

良い所を知っている、小竹町南良津《ならづ》に、コッペベーカリー、と言う名前のお菓子屋さんが有る。

遠賀川の堤防を走れば、何もない所に突然お店が現れるから、直ぐに分かるよ。

お店に併設しているコーヒーショップ、コロナの影響で今は閉鎖している。

このお店と懇意にしているから、臨時に開けてもらうよ、２人で貸切りだ。

無理言って、申し訳ない。

明日、３時にコッペベーカリーに行くから。

咲和さん、明日の日曜日、此処を発つ前に同級生の最所　隼人と懇談する事になりました。

申し訳ないけど、午後２時から直方《のおがた》のショッピングモールで時間を潰してくれませんか。

聞くところ、シネマも有るそうです。

丁度良かった、見たい映画が有ります。

午後５時過ぎに迎えに行けると思います、よろしくお願いします。

4月23日（日）早朝
捜査会議を始めます、起立、礼、着席、黒田管理官お願いします。
林主任、49年前の事件の内容は分かったか。
はい、管理官。
存命の刑事が１名居ました。

原元刑事、年齢77歳、宗像市在住です。

28歳の時、刑事として最初の赴任先が、宮田警察署刑事課。

事件の事は、記憶していました、本人の備忘録に簡単ですが残されていました。

備忘録に記載されていた内容は、昭和49年2月19日（火曜日）曇り。

午後3時15分、１１９番通報有。

八木山川千石に於いて、人が水中に沈んでいる。

急ぎ駆けつけ、蘇生術を施すも、その場で死亡が確認された。

記憶を辿《たど》り、思い出してもらいました。

葬儀が済み、事件性が無いか聞き込みを行った。

複数の人が、学生らしき3人がそれぞれ自転車で、日陽山《ひなたやま》の方向に駆けて行った。

日陽山の麓を回ると、千石に繋がっているので、3人を特定し、事情聴取を行った。

死亡した学生と3人は仲良しで、いつも遊んでいたそうです。

生徒の通う中学校の校長室に於いて、死亡推定時刻、一緒ではなかったか質問した。

1人の学生が、その時間なら日陽山に居たと言うので、裏を取りに日陽山へ出かけました。

頂上付近に、通称「毘沙門天《びしゃもんてん》」（普光寺《ふっこうじ》）と呼ばれているお寺が有ります。

尼さんの住職に尋ねると、確かにお尋ねの時間頃、3人の男の子が境内を通って頂上に向かっていたのを見た、そう証言が有り、事件性は無いと判断、事故死で処理した。

以上が、聞き取りの全容です。

2時間以上冷たい水の中に沈んでいた、死亡推定時刻は、はたして正確だったのか？

いまさら49年前の事を蒸し返すことは……。

4月23日（日）午後3時

最所　隼人は、席についていた。

隼人、久しぶり。

おう、高志は変わらないな。

そんな事は無い、歳には勝てないよ、もうすぐ65歳になる。

高志、まず座れよ。ここのシュークリームとプリンが美味しくて有名だ。

すみません、注文お願いします。高志《こちら》に、エクレアとプリン、それにコーヒー、隼人《わたし》はシュークリームとコーヒーをお願いします。

エクレアは、シュークリームの表面にチョコレートを薄くコーティングしている、中身は同じだ。

シュークリームのカスタードクリームは上品で、程よい甘さが隼人《おれ》は好きだ。

プリンは、濃厚で滑らかな舌触り、甘味は程良くお代りしたくなる美味しさだ。

隼人《おれ》の選挙区内に、手土産、差し入れをする時は、宮若市だったら大山菓子舗の和菓子か洋菓子、鞍手町だと、満丸饅頭か卵、夏だと巨峰、卵とブドウが特産品だよ。

小竹町は、ここのシュークリームとプリンに決めている。

程なく、注文したお菓子とコーヒーが運ばれてきた。

どうぞ、ゆっくりご賞味ください。

シュークリームは長さ10㎝、幅４～５㎝、厚みは３㎝程のコッペパンを小さくした形で珍しい。

なるほど、隼人の言った食レポ通り美味《うま》い。

高志、今回の帰省の目的は何だったんだ？

来月で65歳になる、再雇用契約はしないから完全にリタイヤだよ。

人生の潮時だと思い、故郷を目指した。

誠が亡くなった千石に、花を手向《たむ》ける事と高志《おれ》の生まれ育った筑豊を、妻に見せたかったから。

高志、いつ帰る予定だ？

本当は、一昨日《おととい》の金曜日、新門司港からフェリーで立つ予定だったが、気になることを確かめたくて、明日月曜日の夜に変更したよ。

気になることって？

椎葉　明が、諏訪神社で刺殺されただろ、その第一発見者が高志《おれ》だった。

土曜日、誠が亡くなった場所に献花した後、抽選に当たった王塚《おうづか》装飾古墳を見学してね。

折角だから、竹原装飾古墳も見学しようと思い立って、翌日早く出かけた。

隼人も、小学4年生の時、一緒に社会科見学に行ったよな。

あー覚えている、梅雨開け前の暑い日だったな。

ホテルを早めに出たので、竹原装飾古墳に着いたのは8時半頃、見学できるのは9時から、仕方がないので妻を車内に残し諏訪神社へ向かいお参りをした。

周囲を散策する中、男の人が俯《うつぶ》せに倒れているのを発見、急いで110番に電話した。

警察の事情聴取で、被害者は知らない人です、と答えていたが、午後に石炭記念館の館長から同級生の椎葉　明と聞かされた。

隼人は知っているだろう、石炭記念館の館長が同級生の田之上　良夫だってこと。

もちろん知っている、良く高志だってわかったな。

石炭記念館に入館する時記帳するだろ、それを見て分かったそうだ。

2日後の火曜日、石炭記念館を訪ねると、王塚装飾古墳の近くで同級生の阿比留一郎も刺殺死体で発見されたと聞かされた。

良夫の話では、明と一郎は、殺された時間にそれほどの違いは無さそうだ、と警察から聞かされたそうだ。

更に、殺される5日前、4月10日月曜日「天照宮」（宮若市磯光）の道路を挟んだ、筋向いの小料理屋で、夜に良夫と一郎は酒を酌み交わしたそうだ。

警察に話したそうだが、一郎は「近々まとまった金が入る」と嬉しそうにしていたそうだよ。

4月11日閉館前に明は、竹原装飾古墳を訪れていた、その時「石室の中に入れないか」と質問したと責任者井上さんの話を田之上　良夫から聞いた。

井上さんは、文化庁の許可が無いと入れない、と答えたそうだ。

21日（金曜日）、竹原古墳の責任者、井上さんから、電話を貰って訪ねた。

井上さんの話は、思い出したことが有る、殺された人は、私に問いかける前、石室の覗き窓を見ながら呟いていた。

「50年振り？　いや49年振りだ」

隼人、おかしいと思わないか、小学4年生からだと53年振り、と言うはずだろう？

明は、社会見学の4年後、竹原装飾古墳に来た。

高志、単なる勘違いじゃないか、認知機能も衰えて昨日の夜何食べたか、思い出せないことも結構多くなって来ている。
一郎と、明を殺害したのは、隼人、君だね。
何をばかなこと言うか！　冗談にも程が有る。
金でも集《たか》る為に来たのか、手が後ろに回るぞ！
隼人、強請《ゆすり》、集《たか》り目的で、ここに来て貰った訳じゃない。
高志《おれ》は、真相を知りたいそれだけだ。
今回の里帰り、誠が高志《おれ》を呼び寄せた、今初めてそう思った。
誠が死んだ、隠された真実を高志《おれ》に伝えるために。
隼人《おれ》は、帰る！
隼人、見つけたよ。
何を？
血判状。
阿比留　一郎、岩元　隼人、椎葉　明、３人の署名。
名前の下には、夫夫《それぞれ》黒く変色した血判。
一瞬にして、顔色が変わった。
膝頭、指先が震えているのが、手に取るように分かる。
高志《おれ》は、目の前に広がる、筑豊本線、工場団地、田んぼの景色を眺めた。

4月21日（金）午後
もしもし、本省、総合教育政策局、政策課の井《い》と申します。文化財第2課、樒《もたい》課長お願いいたします。

樒《もたい》ですが。

ご無沙汰しております、井です。

井？　あー井さんですか、初めて配属された職場で、手取り足取り細かく指導していただいた事、忘れていませんよ。

私たちは、法律に従って仕事をする、配属された職場の法律を勉強しなさい。キャリアは、「新人です」が通用するのは3か月間、それを過ぎてもその言葉を使っているようなら、出世は望めませんよ。

そう言われて行った先の法律は、今でも寸暇を惜しんで勉強しています。

樒《もたい》課長、文化庁は京都移転を控えて忙しいでしょう。

5月、京都に移転しますが、本当に忙しくて猫の手も借りたい心境です。

キャリアに採用されると、課長までは横並びに昇進するが、本省に残るのは3人とされている。

この3人の中から事務次官が選ばれ、漏れたキャリアは全員外局に異動する仕組みである。

櫑《もたい》課長も、これから正念場を迎えることになるだろうが、下馬評では点数は高い。

櫑《もたい》課長、私は15日から生まれ故郷の福岡県宮若市に帰省しています。

実は、4月15日深夜から16日未明にかけ、竹原装飾古墳に隣接する諏訪神社で殺人事件が起きました。

未《いま》だ犯人は、逮捕されていません。

殺された被害者は4月11日竹原装飾古墳を訪れて、「中に入れないか」と問い掛けをしています。

竹原装飾古墳の内部が、荒らされていないか調査すべき、と文化財第2課長である櫑《もたい》課長に進言いたします。

そんなことが起きていたのですか、覗き窓から目視できる範囲は狭い、中に入って見ますか。

それでは、宮若市教育委員会文化財保護対策室に指示します。

いつ調査に入りますか?

明日、土曜日の見学時間前、午前8時から石室内部を調査し、9時までに完了させます。

了解しました、変更が有れば、井さんの携帯にメールします。

すまない、誰か宮若市の文化財保護対策室につないでくれ。

文化財保護対策室長、小河です。

文化財第2課長、櫑《もたい》です。竹原装飾古墳のすぐ傍で、殺人事件が、発生したと聞きました。

石室の内部が、荒らされていないか、緊急に調査します。

明日、22日土曜日、午前8時から9時の間、石室内を調査します。

調査に当たるのは、井と言います、本省の職員です。そちらに帰省しているので、調査を依頼しました。

指示書は、至急メールで送信します、よろしくお願いします。

4月22日（土）午前7時50分
井です、竹原装飾古墳の石室内部調査に参りました。

文化庁文化財第2課、櫑《もたい》課長から、伺っております。

宮若市教育委員会文化財保護対策室、小河です。

早速、調査して下さい。私は外で、部外者が立ち入らないよう監視します。

ヘルメット、キャップライト、手袋、拡大鏡を用意しています、どうぞ使ってください。

石室に立ち入りましたら、大型扇風機を石室内から外に向かって回して下さい。

石室内部の湿度を上げないための対策です。

ありがとうございます、それでは身支度を整えて石室内部に入ります。


15分か20分、長い沈黙が流れた後、隼人は冷静さを取り戻したように、低い声で話し始めた。

竹原装飾古墳に忍び込んだのか？

忍び込むような真似《まね》は、していない。合法的に許可を得て石室内部に入った。

高志は、警察関係者なのか？

違う、文部科学省に勤めている。

文科省？　そうか、国指定装飾古墳の管理は文化庁だな。

そう、文化庁に知り合いがいて、竹原装飾古墳近くで、殺人事件が起きている、石室内が荒らされたりしていないか、緊急に調査に入るべきだ、と進言した。

石室の中に、隠し扉や物を入れて置くような所は無い、有れば発掘調査に入った時、発見されている。

隠すとすれば、大きな自然石を組み合わせた時に出来る、隙間を埋める間詰石の奥ではないか、そう判断して根気よく見て回った。

有ったよ。

じっくり観察しないと分からないが、何となく1カ所だけ、浮き出ている間詰石が見て取れた。そっと取り外すと、奥から油紙（防湿紙）に包まれた、ノートの切れ端が出てきた。

小学4年生の時、社会科見学に来て内部に入った、石室はビッショリ汗をかいたように濡れていた。

隼人、覚えているか？

（隼人が頷《うなず》く。）

血判状は推察だが、鉛筆かお箸に巻き取られ、その上に油紙を巻いて、糊を塗り防湿対策が取られていた。

高志、あの日の夜中に明から、石室の間詰石の奥に、隠したと聞かされた。

隼人《おれ》は、取り出すつもりは無かった。

そうだろう、49年間明るみに出なかった、これから先も同じだ。

隼人《おれ》の寿命が尽きても、金輪際見つからないそう思った。

隼人、誠が死んだ本当の理由《わけ》は何だ？　血判状には、誤って死なせたとだけ書いてあった。

あの日、学年末試験が終わって、千石で沢蟹《さわがに》を捕る約束をした。隼人《おれ》、明、一郎は帰ってお昼ご飯を食べて出かけた。

高志は、覚えているか、誠の父親は「すかぶら」（怠け者・方言）で代わりに、母親が選炭場（石炭とボタを選別）で働いていた。

誠の家では、給食のない日、お昼ご飯は無かった。あの日誠は試験が終わって、家の中に入らず荷物を置いてバケツだけ持ち、そのまま千石に向かった。

俺達3人が遅れて千石に着くと、大きな岩の上にしゃがんで、八木山川の川面《かわも》を眺めていた。

明が小声で、脅かそうぜ、と言った。

隼人《おれ》も一郎もにやりと笑い顔で頷いた。

一郎は、肩を軽く突いて脅かそう、川に落ちゃしないだろう。

そーっと、近づいて肩を突く瞬間、誠がいきなり立ち上がった。

立ち上がった誠の、お尻を突く形になり、誠は足先をコケに取られ回転して後頭部をひどく打ち付け、そのまま八木山川に沈んだ。

今でも覚えているが、嫌な音がした。

隼人《おれ》は、思わず叫んでいた、逃げろ！　と。

一目散に自転車を漕いで、その場を離れた。

着いたのは、日陽山《ひなたやま》登山道西口（千石口）、高い所を目指し、頂上で時間が経つのをひたすら待った。

薄暗い中、家に帰ると、誠が川に落ちて死んだ、と大騒ぎになっていた。

葬儀が終わり、10日ほどして、隼人《おれ》、一郎、明の3人は、校長室に呼ばれた。

校長室には、校長先生と、2人の刑事が座っていた。

校長先生が、本城　誠君が亡くなった日、一緒ではなかったかと聞いた。

隼人《おれ》は、慌てず、ゆっくりとした語り口で、いいえ、3人は日陽山に登って遊んでいました、そう答えた。

俺達3人が自転車で、千石方面に駆けて行く姿を見た人が居たのだろう。

それだけだった、何日か経って校長先生が、誠が死んだと思われる時間頃、日陽山の毘沙門天《びしゃもんてん》（普光寺《ふっこうじ》）のご住職である尼さんが、君たち3人が居たと証言されたそうだ。

続けて校長先生は、本城　誠君は事故死、死因は後頭部を強く岩にぶつけた事による脳挫傷、水は飲んでいなかったそうだ。

八木山川の冷たい水に浸かっていた為に、死亡推定時間に誤差が出たのだろう。

俺たちが、日陽山に居た頃、近くに住む人が沢蟹の入ったバケツと、自転車が放置されていたので不思議に思い、川の中を覗いて沈んでいる誠を発見したと聞いた。

血判状は、葬儀が済み、3人が集まって書いた。

何処に隠すか話していると、明が絶対に分からない場所が有る、明《おれ》に任せてくれと言い出したから一任した。

高志、目の前に広がる田んぼや工場団地、ここが政治家を目指した俺の原点だ。田んぼだけで、１００ｈａ、工場団地が50ｈａ以上ある。

数字だけ聞いても想像もつかないだろうな、喩えると東京ドーム34個分、東京ディズニーランドの３・４倍の広さだ。

高志、俺たちが育った頃、南良津《ならづ》の陥落《かんらく》には近づくなと言われなかったか？ よく言われた、南良津の陥落に行くと「死ぬるぞ」って両親が、口酸っぱく言っていたな。

南良津の陥落は、石炭採掘によって地盤が、最大、電柱１本の高さほど沈下、沈下の影響で水が溜まり、一面広大な沼地となっていた。

家屋や道路、鉄道は応急的に嵩上げが成されていたが、大雨が降るとそれらも、水に浸《つ》かっていた。

陥落した農地は、減収に見合う補償金が支払われ、そのまま放置された。

高志、俺たちが生まれて間もない昭和35年に、悲劇が起きたそうだ。

子供たちが、南良津の陥落に筏《いかだ》を浮かべて遊んでいた。

遊びに夢中になり、バランスを崩して筏は転覆、乗っていた３人の子供たちは投げ出され、溺《おぼ》れて死んでしまった。

溺れた原因は、泳げなかったからだ。

当時、小学校、中学校にプールは無かった。

すぐ横を流れる南良津川、遠賀川は、石炭を洗った選炭水をたれ流したためコーヒー色の泥水で、とても泳げるような川ではなかった。

町民は誰しも、プールが有れば、泳げたはず、命は助かったのに、そう思って悔しい思いをしたそうだ。

高志は、役所勤めしているから、分かるだろう。

役所の担当者は、前例が無い、予算が無いと良く使う言《ことば》だよな。

一つの事業を行うには、計画の立案、基本計画、予算の獲得、それから事業に着手。事業着手に、10年は最低でもかかる、それでは遅い!

プールが出来る間に、再び幼い命が失われる。

行政、教育関係者は悩み、徹夜で議論し、知恵を絞ったそうだ。

プールを設置するため国、県から補助金を受け、緊急且つ、速やかに着工できる制度をくまなく調べ、行き着いたのが自治省（現総務省）が取り組んでいた、防火水槽設置工事だった。

昭和37年、２つの小学校に、巨大な防火水槽が完成した。

この防火水槽を見た人は、誰しもが「プール」と、呼ぶ代物が。

この話を聞いて、前例が無くても予算が無かろうが知恵を絞れば、前に進める、俺はそういう政治家を目指す、と心に決めた。

隼人《おれ》は、大学を卒業して、地元選出の国会議員に、選挙区へ張り付いた私設秘書として雇ってもらった。

先生が地元に帰って来た時の、運転手や有力支持者への挨拶、ミニ集会に顔出し、小間使いに徹した。

そんな俺を見初めたのが、家内の父親だ。

義父は、石炭採掘後の鉱害復旧事業を受注し、家屋や農地、道路の嵩上げ工事を請け負う土木建設業を営んでいた。

鉱害復旧事業も終わりが近づき、土建業者は次の事業を必死に探していた。

義父は、何処から聞き付けたのか、これから先は福祉の時代が訪れる、と確信していたようだ。

施設を建てるのは、お手のものだが、補助金を受ける為には、様々な手続きを踏まないと認可は降りない。

補助金を受ける手続きを、国会議員の私設秘書である俺に託す腹積もりだ。

家内とは、見合いで半年後に結婚した。

前向きな性格と、義父と同じ考えで、福祉の時代がやって来ている、お年寄りの世話に労を惜しまず活躍したいと夢を語っていた。

雇い主の先生から、許可を貰い福祉施設の申請手続きを代行した。

義父が生存している間、介護老人保健施設、障害者支援施設、特別養護老人ホーム、合計3か所の施設を開業した。

さらに今年の秋に、もう1か所開設する予定だ。

義父亡き後、非常勤だが理事長職を拝命している。

国会議員の私設秘書として20年が過ぎようとした頃、政治家に成れるチャンスがやっと訪れた。

その当時この選挙区は、炭坑労働者が数多く住み、革新政党の牙城だった。

最初の挑戦は、相手候補の半分しか票を取れず、ダブルスコアーの大差で負けた。

2回目は、接戦とまでは行かないが、手ごたえを感じた戦いだったな。

3回目の選挙で、僅差だったがやっと福岡県議会議員選挙、初の当選を果たした。

その後の選挙は、2回目、3回目と回を重ねる毎《ごと》に票差は大きくなって、今回、相手陣営は勝てる見込みがないと判断し、候補者擁立を断念した。

令和5年4月2日、県議会議員選挙公示日に、無投票で隼人《おれ》は4回目の当選を果たした。

県議会議員選挙後、開催される県議会で、県議会議長最有力候補に躍り出た。

そんな矢先、４月６日木曜日の夕方だったな、事務所に阿比留　一郎から電話を貰った。

成人式以来だから、40年以上会ってもいない、電話したことも無い、無論連絡先も知らなかった。

第一声は、当選祝いだった。しかし、次の一言で俺は凍りついた。

本城　誠が死んだ真相を買って欲しい、椎葉　明と２人分、５千万円でお願いしたい。

お願いなんかじゃなく、恐喝《きょうかつ》だった。

一郎に、少し時間が欲しい、連絡は俺からするからと言って、携帯の番号を聞き出した。

高志、県議会議員は、聞こえはいいが、思うほど議員報酬、歳費は多額では無い。

俺は、クリーンな議員で通っている、何故なら、ダークな献金や裏金は一切拒否した。

選挙対策費は、義父から用立ててもらい、義父亡き後は、福祉施設の非常勤理事長職で得た給料を、４年間貯めて凌《しの》いできた。

理事長の給料は、非常勤だから、それほど多くはない、常勤施設長である家内の方が、５割ほど上回るよ。

それに、義父の遺産は一人娘の家内が現金、有価証券、不動産全てを相続した。

遺産は、相続税を差し引いて、数億円と聞いた。

養子には、相続権利の有る養子と無いのがあって俺は、相続権利の発生しない養子だ。義父の財産は1円も貰っていない。

今の俺に、用意出来るお金は、精々1千万円程度だ。

家内に泣き付いても、事が事だけに離婚されることは目に見えている、潔癖な女性《ひと》だからな。

スキャンダルに塗《まみ》れた俺は、足手まといになるだけだ。

早めに切り捨てたほうが、福祉施設の未来に影響が及ばないし、俺が居なくても施設の運営に影響は全く無い。

強請《ゆすり》は、一度相手の言いなりになると、際限無く絞れるだけ絞りとり、相手が自滅するまで続く。

俺は、失うものが多過ぎた。

県議会議員、理事長の職、俺に対する家内や子供、孫、更に選挙で応援してくれた人達の信用、俺には耐えがたい代償だ。

電話を切り、具体的な対策を練った。

俺は、警察委員会に所属していたので、県警察本部に連絡を取り、春の交通安全運動に先立ち、飯塚警察署、直方警察署、田川警察署、各管内の最新のNシステム（自動車ナンバー自動読み取り装置）設置場所、夜間取締り計画、夜間パトロールの時間と巡回経路、防犯カメラの設置地点を、至急提出するよう依頼した。

５日後、県警察本部から資料が届けられた。

4月12日（水曜日）、夜に一郎の携帯電話に、公衆電話から連絡を取り、次の様な指示をした。

(1) お金は用意出来た、まず一郎に２５００万円を渡す。

(2) お金を確認したら、一郎から明に電話を掛けて血判状を、渡すように連絡する。

(3) 血判状と引き換えに、明へ２５００万円渡す。

一郎と、明に会う場所は、人目に付きにくい所にしてくれるよう頼んだ。

翌13日（木曜日）の夜、会う場所が決まったか、一郎の携帯電話に公衆電話から掛けた。

一郎は、次のように話した。

明と打ち合わせたら、血判状は自分では取り出せない。

しかし、県議会議員の隼人なら取り出すことが出来ると思うから、隠した場所は現金と引き換えに教える。

会う場所は、竹原装飾古墳横の、諏訪神社境内と言っていた。

俺は、この先どうするか混乱した。

一郎に、了解した、明日の夜に、一郎と会う日時、場所は俺から追って知らせる、そう言って電話を切った。

電話を切った後、冷静になり考えた。

血判状を取り出せない、とはどう言うことか？

県議会議員の肩書が有れば、取り出せると思うとは？

県議会議員の肩書を利用しても民間人、民間の会社には通用しない。

通用するとすれば、公《おおやけ》の機関か。

次の日、宮若市文化財保護対策室、室長に電話を入れた。

県議会議員の、最所　隼人です。

選挙区内の、竹原装飾古墳に興味が有ります、出来れば中に立ち入って見学したいのですが、可能でしょうか？

最所先生、無理です。竹原装飾古墳は国指定史跡です、文化庁の許可が無いと、中には立ち入れません。

では、石室内の清掃や、カビの状況調査はどの様にされているのですか？

石室の調査は、毎年秋に文化庁から専門業者が派遣されています。

私は勿論、立ち入り禁止、石室の中に入ったことは有りません。

昭和52年に、石室内を覗ける施設が出来てから、第三者（考古学研究者）が石室に立ち入ったことは、数える程です。

残念ですね、立ち入ることは諦めます。

最所先生、4月15日土曜日と16日の日曜日に、竹原装飾古墳を含め、近隣の古墳見学会が開かれますよ、王塚装飾古墳は見学会の抽選が終わっていますから、参加できませんが。

出来れば、見学会においで下さい、お待ちしております。

室長、ご存知と思いますが、選挙区内の町議会議員選挙が16日公示されます。

選挙事務所の立ち上げや選挙事務所開きに呼ばれているので、両日ともスケジュールが詰まって、見学会には参加出来そうに有りません。

後日、落ち着いたらゆっくり見学させて貰います。

電話を切り、隼人《おれ》は確信した。血判状は、竹原装飾古墳石室内の何処かに隠してある。

血判状はどうでも良い、49年間見つからなかった、このまま隼人《おれ》の寿命が尽きた後でも発見されないだろう。

一郎と明の口を塞ぐ計画は、ダミーの札束を手に入れる事から始めた。

インターネットを検索すると簡単に手に入った。

出刃包丁は、趣味の海釣りに使っている2本を用意した。

隼人《おれ》は、息抜きに深夜自宅《いえ》を抜け出し、鐘崎《かねざき》漁港や神湊《こうのみなと》漁港（宗像市）で明け方まで釣りをしていた。

波に揺れ、波間に漂う黄色く発光する浮子《うき》を見ていると、何もかも忘れて雑念すべて消し去ることが出来る。

坊主の時も有るが、魚が釣れる事も有る。

魚をさばく包丁が必要になった。

出刃包丁は、直方市感田で月末の金曜日から日曜日、フリーマーケットが開催される。

雑貨、衣類、骨董品、工具、刃物、等多種多様なものが取り引きされている。

お店の数は50店舗以上、中には新品を出しているお店も有るが、殆ど中古品だ。

そこの、刃物店で出刃包丁２本を購入した、無論中古品で10年程前の事だ。

14日（金曜日）夜、一郎の携帯に公衆電話から待ち合わせ日時、場所を連絡した。

15日（土曜日）午後9時30分、王塚古墳の先、穂波川に架かる中屋橋《ちゅうや》の下流側に河川敷に下りる階段が有る、下りた先で落ち合おう、２５００万円はその時に渡す。

15日（土曜日）は夕方7時頃から飯塚市議会議員選挙の候補者事務所で、翌日の事務所開きの手伝いをしていた。

隼人《おれ》の選挙区には関係は無いが、妙にウマが合って、今回で3度目の手伝いだった。

９時に事務所を出て、近くの街灯が有る空き地に車を止めた。

車は農作業に使う軽トラック、普段乗っている車は秘書に貸し出しておいた。軽トラックは、雨除けの幌で荷台は覆われていて、外見では、何が積まれているか分からない仕組みだ。

荷台に電動バイクを乗せていた。県警察本部から手に入れた資料を基に、電動バイクが捕捉されない道路《みち》を選び、中屋橋までたどり着いた。

午後9時半、中屋橋下の河川敷で、一郎と会った。

ダミーの札束の上に、本物の一万円札100枚、帯封が切れた状態にして渡した。暗がりの中、携帯のライトに照らされ、全てが本物に見えたはずだ。

直ぐに、明の携帯にコンタクトさせた。

明か？　隼人から2500万円受け取った、今夜12時に指定された諏訪神社に行くそうだ。

明が隠した血判状の場所を教えれば、引き換えにお金を渡してくれる。

携帯を切ったその時、事に及んだ。

出刃包丁は、足がつかないと思い返り血を浴びないよう、そのままにしておいた。

隼人、どうして王塚装飾古墳の近くに、一郎と会う場所を指定した？

5年前、古墳祭りが開催されたとき、親しくしている飯塚市議会議員と見学に来たことが有ってね。

見学は、予約が出来ないから申し込み順、1時間ほど待たされた。その間、近くを散策して、中屋橋から下の河川敷に下りる階段が有った事を思い出した。

隼人、明の時も同じように電動バイクで移動したのか？

そうだ、夜中11時半に、事務所を抜け出した。

防犯カメラを避けて、遠回りして諏訪神社まで行った、電動バイクはエンジン音がしないから、静かで気が付かれないからな。

明と会った時、隼人《おれ》に謝った。

明の話では、一郎からの頼みは、何度も何度も断った、一郎《あいつ》が言うには、自宅はローンの返済中、コロナで借りた返済の目途が立たない借金は、夏からゼロゼロ融資の返済が始まる、このままではホームレスになって野垂れ死ぬしかない。

そこまで言われると、可愛そうになって、承諾してしまった。

高志、全てを隼人《おれ》は打ち明けた、今後どうするつもりだ。

高志《おれ》は警察官じゃない、何もしない、どうするかは隼人《きみ》次第じゃないのか。

そうだな、隼人《おれ》のした事、責任は取らないといけないな。

高志、警察に自首するよ、少し時間が欲しい。

警察に行けば、二度と娑婆《しゃば》には戻れない。

隼人《おれ》の後継者選定、引き継ぎ、最低限の事は済ませておきたい、1日か2日だが。

そうか、高志《おれ》は明日の夜、東京に帰る、恐らく筑豊を訪れる事はもう無いだろう。明日、誠、一郎、明の亡くなった場所に花を手向けに行くよ。

誠、一郎、明、高志に隼人《おれ》この5人は、菅牟田《すがむた》小学校、大之浦《おおのうら》中学校の同級生の中で、最も仲が良かった。

誠が死んだ日、高志も誘う事になっていた。しかし、直前に誠が、高志は引っ越しの準備で忙しそうだから誘うのをやめようや、と言い出したので誘わなかった。

高志《おれ》は、複雑な胸の内を閉ざし「そうか」とだけ答えた。

4月24日（月曜日）

（新門司港ターミナル待合室午後7時過ぎ）

テレビから、ニュースが流れている。

今日午後3時頃、福岡県と大分県に跨る、標高1199・6mの英彦山《ひこさん》南岳頂上付近から人が滑落したと、110番通報が有りました。

警察と消防が付近を捜索した所、午後5時過ぎに滑落した男性を発見しました。

男性は、その場で死亡が確認されました。

持っていた免許証から、福岡県宮若市在住の最所《さいしょ》　隼人《はやと》さん、64歳と判明しました。

最所　隼人さんは、4月2日に公示された、福岡県議会議員選挙において、無投票で4回目の当選を果たされました。

選挙後に開催される県議会で、議長の最有力候補と目されていました。

田川警察署では、事故、自殺の両面で捜査を進める方針です。

家族の話では、4回目の当選を果たし、やり残した仕事を粛々と進めて行くと、張り切っていた矢先の出来事で、自殺する動機や、素振りは微塵にも有りませんでした。

高志《あなた》この人、日曜日の午後3時に高志《あなた》が会って話すって言っていた人じゃないですか？

ああ、そうだね、死んでしまったのか。

4月26日（水曜日）

今日から出勤して、先ほど帰ってきた。

庭の片隅で、陶器製の植木鉢に火をおこした。

少し薄暗くなった中、炎が揺ら揺ら揺らぎながら、頬を照らしている。

まだ6時過ぎなのに日の入りは、九州より30分ほど早い。

徐《おもむろ》に、福岡から高志宛て《じぶん》に送った、封書の封を切った。

中身は、血判状である、万が一の事を考え、高志《わたし》の身に何か起こった時の保険の意味で自宅に送っておいた。

血判状
阿比留　一郎、椎葉　明、岩元　隼人は、千石で本城　誠を誤って死なせてしまった。
この事は、死ぬまで誰にも話さないことを誓う。
その証《あかし》として、名前の下に血判を押して誓う。
阿比留　一郎
椎葉　明
岩元　隼人

高志《わたし》は、血判状を炎の中に、ゆっくりと押し入れた。

急に勢いづく炎を眺めながら、胸の中で呟いた。

近い将来、高志《おれ》は、そちらに行く、少しだけ待っていてくれ。

幼顔《おさながお》の誠、初老の明、一郎、隼人、そして老人になった高志《わたし》、一番仲の良かった5人で話そう、誠。

4月28日（金曜日）
それでは、捜査会議を行う。

最所議員の秘書から、話は聞けたか、後藤主任。

はい、葬儀が済み、田川警察署の事情聴取も終わり、直方署林主任と、事情聴取を行いました。

まず、最所議員に変わった事は、無かったか、と尋ねました。

秘書の話では、4月23日（日曜日）午後4時半頃、事務所に先生が帰って来ました。

溜め息を突く訳では無いのですが、ボーッと遠くを見つめ、座っていました。

「何か有った」のだろうと思い、声掛けはしませんでした。

午後5時を過ぎたので「失礼します」と挨拶をして事務所を後にしました。

月曜日が、公休日なので、先生を見た、最後の姿になりました。

「何か有った」のだろうとは、どういう事でしょう。

その日、午後2時半頃出掛けた時は、何も御変わり有りませんでした。

そうすると、午後2時半から4時半の間に、何かが有ったということですか。

そうです。

その間、最所議員は何をしていたのでしょうか。

はい人と会っていらっしゃいました。

誰ですか?

同級生の、井　高志さんです。

小竹町コッペベーカリーで会う、と言ってらっしゃいました。

直方署、林です。

この後、宮若市石炭記念館、田之上館長に話を聞きました。

田之上館長は、4月23日（日曜日）午後4時過ぎ、閉館後の片付けをしていると、井　高志がやって来て、月曜日の深夜に、フェリーで東京に帰る。

明日は本城　誠、椎葉　明、阿比留　一郎の亡くなった場所に花を供えに行く、大変世話になったと、お礼を言って帰りました。

その時、井には話さなかったのですが、緊急に土曜日の朝8時から9時にかけて、竹原装飾古墳石室の中へ、文化庁から依頼を受けた文部科学省の職員が内部調査をしたらしい、と管理責任者の井上から聞きました。

竹原装飾古墳管理責任者、井上氏から事情を聴くと8時半頃出勤すると、石室入り口に小河文化財保護対策室長が、仁王立ちで付近を見まわしていた。

どうしたのですかと聞くと、文化庁の意向で文部科学省職員が石室内部を緊急調査している、と聞かされたそうです。

その足で、宮若市教育委員会文化財保護対策室、小河室長を訪ねました。

小河室長は、文化庁文化財第2課、櫑《もたい》課長から、竹原装飾古墳に隣接する諏訪神社で殺人事件が起こり、被害者は「石室の中に入れるか」と質問したそうだ、石室内部が荒らされていないか緊急に調査します。

石室内部調査は、文部科学省職員、井　高志が行う旨メールで指示が有りました。

メールは見せてもらい、確認しました。

飯塚署、後藤です。

宮若市石炭記念館を後にして、小竹町コッペベーカリーに、話を聞きに行きました。

最所県会議員は、楽しそうに話をしていたそうですが……。

「くっそー！」「ドン」「くっそーー！」「ドン」「ドン」「ドン」。

黒田管理官、どうされたのですか？

井　高志は、われわれ警察より、一歩も二歩も先を歩いていた。

誰か、竹原装飾古墳の内部を写した写真は無いか探してくれ！

黒田管理官、数枚あります。

年表を拡大してくれ。

昭和52年、覗《のぞ》き窓が出来たのか、それ以前の見学がどうなっていたのか至急調べろ。

黒田管理官、以前は「母里《ぼり》」と言う亡くなった方が若宮町から管理委託されていました。

息子さんの話によると、見学希望者に入り口の鉄格子を開ける鍵と懐中電灯、手袋を貸し出していたそうです。

それと、4月21日金曜日午後、井　高志が同じ質問をしたそうです。

誰か、井　高志の携帯に電話してくれ。

皆に聞こえるように、マイクにして、録音も忘れるな。

もしもし、井　高志さんでしょうか。

はい、そうですが。

私、福岡県警察本部で、管理官をしています「黒田」と申します。

王塚装飾古墳近く、更に竹原装飾古墳横で、殺人事件が発生しました。

この件でお聞きしたいことが有ります。

少し、お時間を頂戴したいのですが、宜しいでしょうか。

はい、かまいませんよ、今日仕事は休み、自宅に居ます。

諏訪神社境内で刺殺遺体の第一発見者、井　高志さん、その節は大変御協力頂きありとうございました。

椎葉　明さんは殺害される前に、阿比留　一郎さんから電話を受けていました。

阿比留　一郎さんは、電話を掛けた直後殺害されました。

この事実から、連続殺人事件として、捜査を進めました。

お帰りになる、数日前の井　高志さんの足取りを辿《たど》り、漸《よう》く《や》事件の全貌が見えました。

動機は何か？　中学校卒業後、進学した高校も異なり、就職先も違う、生活リズムも全く遇《あ》い入れない。

宮若市石炭記念館、田之上館長から有力な情報が入りました。

井　高志さんもご存知ですね、阿比留　一郎さんが殺害される5日前に、田之上さんと小料理屋で飲んでいる時「まとまった金が入る」と言っていたそうです。

私は、恐喝ではないかと考えています。

しかし、いくら探っても、殺された2人の接点が見つかりません。

その後、阿比留　一郎さんが最所　隼人県議会議員事務所に、4月6日（木）電話を掛けたことが判明しました。

最所県議会議員に問いただすと、当選祝いに掛けてきただけで、その後連絡は有りません。

そういう回答でした。奇妙な事に、阿比留　一郎さんの携帯に、12日（水）13日（木）14日（金）公衆電話から掛かっています。

3か月間　遡《さかのぼ》って調べましたが、公衆電話からの通話記録は有りません、変だとは思いませんか？

続けます、18日（火）、貴方は、宮若石炭記念館、田之上　良夫さんから、椎葉明さんが、「石室内に入れないいか」と竹原装飾古墳責任者、井上さんに質問したと知った。

又、阿比留　一郎さんは、田之上　良夫さんに「まとまった金が入る」と言っていたことも聞かされた。

更に21日（金）椎葉　明さんが、石室内部を覗きながら独り言のように「50年振り、いや49年振りか」と呟いていたことを、井上さんからお聞きになった。

私達はこの言葉の意味を、理解していなかった。

単なる勘違いか、井上さんの聞き間違いではないか、そう軽く考えていました。

貴方は、我々と違った捉え方をしました。

本城　誠さんが亡くなった同じ年に、椎葉　明さんは竹原装飾古墳に来ていた。

本城　誠さんの事故死は、椎葉　明、阿比留　一郎、岩元　隼人この3名が関わっている。

貴方は、石室の中に、何かを隠したのではないか、更にその「隠した物」は未だにそこから取り出されてはいない、そう確信し職権で石室内部の調査を行った。

違いますか。

職権など使っていません、私にその様な力は有りません。

此処を所管している、文化庁文化財第2課、榀《もたい》課長へ竹原装飾古墳に隣接する諏訪神社で、殺人事件が起きました。

被害者は、「石室に入れないか」と問い掛けをしています。

石室内が荒らされていないか調査すべき、と進言しただけです。

井　高志さん、そうですか？　貴方が石室に入り調査出来るように、誘導したのでは有りませんか。

まーその件は良いでしょう、続けます。

貴方は、4月22日（土）午前8時から9時の間に石室内に立ち入り、思惑通り「隠した物」を発見した。

同日、最所県議会議員事務所に電話、翌23日（日）午後3時、小竹町コッペベーカリーで会う約束を取り付けた。

23日（日）午後3時、最所県議と和《なご》やかに懇談。

少し時間が経ったとき、最所県議が「隼人《おれ》は帰る！」と怒鳴り声を挙げた、お店の女性《ひと》が証言しました。

喫茶室を窺《うかが》おうと思った矢先、来客。

接客を済ませ中を覗くと、最所県議は項垂《うなだ》れていて、もう一人のお客は、窓の外の景色を眺めていたそうです。

15分ほど経った頃、徐《おもむろ》に話し始めたが、押し殺した声で内容は聞き取れなかった。

最所県議は、貴方が恐喝にやって来たのかと思い、大きな声を挙げた。

貴方は、石室内で見つけた「隠した物」を言葉に出した。

結末は、最所　隼人の死。

はい、新門司港のフェリーターミナルでテレビから流れる、ニュースで知りました。

井　高志さん、竹原装飾古墳石室内で見つけた、「隠した物」を渡してもらえませんか。

貴方の事だ、「隠した物」を持って最所県議と懇談する事は絶対に無い。

相手は、凶悪な重要参考人、2人も殺している、何処か安全な場所に隠した。

貴方、否定はしないのですか？

肯定もしません。

福岡県警の刑事さんにこれ以上、お話しすることは有りません。

井　高志さん、貴方はお墓まで持って行く所存ですか！

失礼します。

「プー、プー、プー」

完

取材にご協力いただいた機関

宮若市石炭記念館
宮若市生活センター（竹原装飾古墳）
宮若市社会教育課（竹原装飾古墳）
宮若市社会福祉協議会（所田鉱泉）
宮若市普光寺《ふっこうじ》（毘沙門天《びしゃもんてん》）
嘉穂郡桂川町王塚《おうづか》装飾古墳館
直方市石炭記念館
小竹町立図書館（小竹町史）
飯塚市旧伊藤伝右衛門邸
田川市伊田駅舎ホテル「俺たちの旅」
田川市風治八幡宮
田川広域観光協会
東京九州フェリー新門司支店
ＨＯＴＥＬ「ＡＺ」
その他、お店の方々

著者プロフィール
城 孝（じょう たかし）
1953年生まれ。
1974年から石炭採掘により地盤沈下した農地、溜池の復旧計画を被害農家へ説明。設計、工事費積算、国の認可を受けて施工業者に発注。
2000年臨時石炭鉱害復旧法失効まで、工事管理に従事。
福岡県在住。

カバーイラスト：jitari
イラスト協力会社：株式会社ラポール　イラスト事業部

装飾古墳殺人事件　筑豊地方ランチ、スイーツ食べある記

2024年12月15日　初版第１刷発行

著　者　城 孝
発行者　瓜谷 綱延
発行所　株式会社文芸社
〒160-0022　東京都新宿区新宿1－10－1
電話　03-5369-3060（代表）
03-5369-2299（販売）

印刷所　株式会社暁印刷

ISBN978-4-286-25814-0